U0634348

全民微阅读系列

命运敲门声

何葆国　著

江西高校出版社

图书在版编目（ＣＩＰ）数据

命运敲门声/何葆国著. —南昌:江西高校出版社,
2017.9（2024.9重印）

（全民微阅读系列）

ISBN 978 - 7 - 5493 - 5873 - 1

Ⅰ.①命… Ⅱ.①何… Ⅲ.①小小说—小说
集—中国—当代 Ⅳ.①I247.82

中国版本图书馆 CIP 数据核字（2017）第 215553 号

出 版 发 行	江西高校出版社
社 址	江西省南昌市洪都北大道 96 号
总编室电话	(0791)88504319
销 售 电 话	(0791)88592590
网 址	www.juacp.com
印 刷	北京一鑫印务有限责任公司
经 销	全国新华书店
开 本	700mm×1000mm 1/16
印 张	14
字 数	180 千字
版 次	2017 年 9 月第 1 版 2024 年 9 月第 3 次印刷
书 号	ISBN 978 - 7 - 5493 - 5873 - 1
定 价	58.00 元

赣版权登字 -07 -2017 -1030

图书若有印装问题,请随时向本社印制部(0791 -88513257)退换

目录

CONTENTS

小米上学 /001

祖训 /004

十八年如一日 /007

文川坊9号 /010

寒夜的烤红薯 /013

响雷 /016

死鬼还乡 /018

表哥的表印 /022

现在几点了 /024

儿子要回来 /026

收买 /029

欢喜就好 /032

八月盛宴 /035

丢失 /038

绰号 /041

反抗 /043

命运敲门声 /046

竞选班长 /049

贺年片 /051

冰棒 /054

钱教导 /057

报恩　　/059

病　　/061

像我的人　　/063

邪树　　/067

对牛谈话　　/069

秀水婆　　/073

哑巴的儿子　　/075

客子娟　　/077

会跑的布娃娃　　/079

都是捡来的　　/081

康师傅　　/083

惊心的照相　　/085

找新闻　　/088

地煞　　/090

坐升降机的猪崽　　/092

阿春的岁月　　/095

他和他的遗像　　/098

白痴天才　　/100

心锁　　/102

他会回来　　/104

我爷爷一生的三个片断　　/107

夫妻气象学　　/111

转椅　　/114

我还给你　　/117

"酒国"英雄　　/119

短暂的梦　　/122

九死一生　　/126

当了先进的狗　　/133

骂人更值钱　　/135

请你洗脚　　/137

谦虚　　/140

河东河西　　/142

苏老板的手提包　　/145

熟人不行生分礼　　/149

给谭局长送点钱　　/151

良好习惯　　/154

数字化生存　　/156

迟到的花圈　　/158

密码与保险　　/160

死亡策划　　/162

讨债记　　/164

行贿记　　/166

鸡瘟　　/168

失忆的贪官　　/170

女儿的心　　/173

一万元　　/174

擦鞋　　/176

扶贫　　/178

球仔圆头　　/180

老同学(四题)　　/181

王大是王八　　/187

避祸　　/189

尴尬　　/192

追人的母猪　　/193

荣誉的失落　　/195

老师·学生　　/197

变质　　/199

犯错误的学问　　/201

愉快的劳动　　/204

免费午餐　　/207

边走边说　　/209

结穷亲　　/212

该死的助听器　　/214

活人比死人多　　/216

小米上学

太阳还没挂上屋顶,小米就背起书包跨出门槛。爷爷一边往他书包里塞着中午吃的地瓜和鸡蛋,一边说:"要乖呀,上课不能偷吃,放学了再吃,要懂事,听到没?"

"知道啦。"小米应了一声,埋头小跑起来,背在身上的书包一下一下地拍打着他的小屁股。

原来村里是有个小学校的,但是学生越来越少,去年被上级部门撤掉了。爸妈在城里打工,住着破旧的工棚,他们嫌小米脑子不好用,即使带到城里也上不了学,他就只好留下来,每天走几里路到邻村去上学。

路过旧学校门前,小米的脚步慢了下来。这是一幢三间两层的砖房,有点老,但是还很结实,去年关了门,现在门却打开着。

小米看到教室里走出一个花白头发的老人,定睛一看,这不是老校长吗? 小米在这读书的时候,老校长已经退休了,但他几乎每天都在这里转悠,有时还给大家讲故事。

"老校长。"小米惊喜地叫道,他都好久没见到老校长了。

老校长眼眯眯地看着小米,一边招手一边说:"来来来,你是今天第一个到校的,我要表扬你。"

听说被表扬,小米兴奋得涨红了小脸,"咚咚咚"朝老校长跑去,从他身边蹭进教室里。小米心里别提有多高兴了,要知道,他在邻村小学,几乎天天要挨老师的批评,说他成绩不好,脑子不好用什么的。小米看到教室打扫过了,黑板也很干净,虽然只有几张桌椅。

"快坐好啊,等下要讲田螺姑娘的故事。"老校长在教室外面大声地说。

小米"哇"地叫了一声。听故事,这是他最喜欢的。他赶紧占了第一排的桌椅,把书包放进桌斗,端正地坐好。

老校长背着手走了进来,微微气喘,嘴上几根白胡子抖个不停。

"老校长。"小米举起了手。

老校长的眼光在教室转了一圈,转了很久才转到小米这里,嘴唇哆嗦了几下才说出话:"来,这位同学,你有什么问题?"

小米有些紧张地站起身,环顾了一下四周,虽然四周没有一个同学,但他还是感觉有许多眼睛看着他,因为他从来没有在课堂上被老师提问发言过,所以,他的声音一下变得有点发颤:"老、老校长,我们学校又搬回来这里上课吗?"

"这里本来——"老校长干咳了几声,清着嗓子说,"这里本来就是我们的学校啊。"

"我就喜欢在这里上学。"小米说。

"以后你就天天来这里上学。"老校长说。

"老校长,你快说田螺姑娘的故事吧。"

"好,我今天就给大家讲这个故事——"

老校长讲得很慢,絮絮叨叨,中间还一直咳嗽,但是总算讲完了田螺姑娘的故事,也就下课了。小米目送老校长步履蹒跚地走出教室,从书包里掏出地瓜和鸡蛋,几口吃完了。

就像在邻村小学一样,小米吃过家里带来的午饭,到厕所方便了一下,自己跑到教室后面玩了一会,又回到教室里,趴在桌上

全民微阅读系列

睡了过去。这一觉似乎并没睡多久，迷糊中听到一阵杂乱的声音，他睁开眼抬起头，看到老校长又背着手走了进来。

老校长闲扯几句，说起了白雪公主的故事，听得小米眼睛都瞪大了，口水不知不觉地往下流。

"这个小同学，你今天表现很好。"最后老校长还表扬了小米一句。

这是上学几年来最愉快的一天，小米放学后，开心地晃着肩膀走回家。

刚回家不久，班主任突然上门来了，黑着脸问："小米，今天你怎么没去上学？"

"有呀，我刚放学——"

"你撒谎，我一天都没见你。"班主任说。

"小米啊，这是怎么回事？"爷爷说。

"有呀，我有去上学，"小米急得脸红了，"我没撒谎，我就到旧学校上学，老校长给我一人上课，他讲田螺姑娘、白雪公主，还有……"

班主任愣了一下，说："小米啊，都说你脑子不好用还真是，旧学校都关门一年多了……"

"可是，老校长说，学校又搬回到这里了……"小米说。

班主任叹了一声，扭头对爷爷说："这老校长就是我父亲啊，他患了老年痴呆症，教了一辈子书舍不得讲台，这几天他又发病了——"

"不！老校长没病！"小米突然尖声喊了起来，"他都表扬了我……"

祖 训

1

爷爷离家前一天,曾祖父带着他到祠堂里告知列祖列宗。神龛上有许多祖宗的牌位,正中间一张泛黄的画像,是本族在村子里的先祖,曾经官居二品,为政清廉,被奸佞告倒后,携家眷到此开荒拓地,耕读传家,至今绵延十几代人,数百年后终于有人出仕,光宗耀祖。

"论官阶,你比不上先祖,但是从政清廉方面,你一定要向他看齐,不可贪财好色,辱没家风,"曾祖父说,"你给我记着,不贪不占,不淫不奢,造福万民,造福桑梓。"

爷爷在先祖的画像前跪下,满脸肃穆地说:"谨遵祖训,恪守家规。"

离家时,爷爷回头望着送别的亲人,发现老宅子很破旧了,祠堂也倾斜歪了一角,心想,有能力时一定要把它们修葺一新……

2

父亲离家前一天,爷爷把他带到了祠堂里。父亲心里有点不悦,这都新中国了,还兴这一套?爷爷看出了他心里的小九九,指着墙上一张面目模糊的画像,说:"这是你先祖,官居二品,为人刚正不阿,从政清廉,无论什么朝代,他都应该是我们的榜样。"

父亲凝神注视着那年代久远的画像，先祖的形象似乎慢慢地清晰起来，他默默地鞠了一个躬，心想，我一定会做得比你更好。

"你要记着啊，不贪不占，不淫不奢，造福万民，造福桑梓。"爷爷说。

"我记着，刻在心上了。"父亲说。

3

我离家前一天，父亲正色地说："同我到祠堂走一趟。"

村里的祠堂有点破旧了，据说爷爷当年告老还乡时，用自己的积蓄把它小修了一下，到底还是经不起岁月的风霜，它日益显得破落。

父亲一路沉默不语，到了祠堂里，指着墙上一张几乎要烂掉的画像，说："这就是你先祖，平时我也和你多次提到过了，他为官清正，一身正气，两袖清风，这回你提拔了，更不能胡来啊，心里要有一杆秤，不该收的钱一分也不能要，不该……"

"我知道。"我有点不悦地打断父亲。

"你知道？那你把祖训背给我听听。"父亲似乎有些严肃地沉着脸说。

"不贪不占，不淫不奢，造福万民，造福桑梓。"我说。

父亲抬起手，在我肩膀上重重地拍了几下，眼里满是赞许。

4

我刚开完会，老家的电话又打进来了，大哥在电话里说父亲这回恐怕不行了，要我立即赶回去。

从公路拐进村子里原来是一条破烂的土路，现在是宽阔的水泥路了。汽车跑得飞快，我还是几次催促司机快一点。父亲这些年有点老年痴呆症，卧病多年，按他的退休待遇，虽然不够资格到城里医院享受特殊护理，但因为他是我父亲，他随时可以来的，我也和他说过几次，均被他冷冷地拒绝了。

赶到父亲的病床前，我看见父亲睁开了眼睛，定定地望着我，那眼神不是呆的，而是恢复了正常。我心里一阵沉重，或许这就是所说的回光返照。

"回……回来了？"父亲结巴着，但是吐字还是变得清晰了。

"嗯，爸，对不起，最近工作忙，太少回来看你。"我说着别过头去，不想让他看到我的泪水。

"工作……大……大事，我这又没什么事，"父亲说，"今天，我就、就问你一句话，你有没有收过别人的钱？"

我注视着父亲的眼睛，摇了摇头，说："没有。"

"都……都没有？"

"都没有。"

"好，好……"父亲点着头，脸上显出一种特别欣慰的表情。

我心里一阵悲怆，有如万箭穿心，叫了一声"爸"便泪如雨下。

父亲又陷入了昏迷，当天夜里过世。

办完父亲的后事，我疲惫不堪，一个人得空来到祠堂让自己静心一会儿。祠堂两年前重修，规模扩大了几倍，雕梁画栋，显得富丽堂皇。先祖的画像我也请城里最好的画家画过了，此时我望着画上先祖清瘦的面容，心想，我这也算是对得起祖宗了。父亲临终的问话，我是无愧的，从政多年，我心里一直记着先祖的遗训，不贪不占，不淫不奢，造福万民，造福桑梓，我自信是做到了。

正想离开祠堂时，三个陌生人从天而降似的出现在我面前。他们亮出证件表明身份后，我突然一阵冲动，大声吼道："我没有收过一分钱!"

那个年长的纪检看着我说:"但是开发商无偿为你修建了进村水泥路,还有这座祠堂……"

我一下怔住了。这事我当然都是知道的,本意正是为了造福桑梓……望着墙上的先祖画像,我心里发出一声长长的叹息,突然想跪在先祖面前……

十八年如一日

夫妻俩难得一起吃晚餐,便唠唠叨叨的满是话语配饭,菜也忘了搛——当然主要是晓瑶在说,天南海北漫无主题,老邱偶尔抬起眼睛看她一眼,然后"嗯"的一声。晓瑶只吃了小半碗饭便收起碗筷,说:"能免费入城市户口,多好啊,可是下午我听说他却跑了,不告而别,打电话也打不通……"

尽管晓瑶说得没头没脑,老邱还是一下听明白了。市里几家传统媒体和新媒体这几年合办一个评选活动,叫作"最美的外来务工人员",初选后在网络平台上投票,市政府非常重视,当选者可以获准迁入本市户口,成为本市的正式居民,这对外来务工人员很有诱惑力。晓瑶是市日报资深记者,此前采访过环卫工简土根,她向保洁公司提议,推选简土根为候选人,公司领导说这家伙是不错,到公司十八年了,过年都没休过一天。晓瑶根据公司提供的材料,又找来简土根采访了一遍。虽然简土根木讷少言,没说上三句话,但是晓瑶摇动生花妙笔,还是洋洋洒洒写了千把字的文章,就叫作《十八年如一日》。文章发表后,简土根也通过初选,成为"三十选十"的候选人之一。就在这时,简土根给晓瑶打了个电话,要求把他撤掉,他不想参加评选。晓瑶很不解,说难道你不想在这城市有个正式户口?简土根在电话那头沉默了一会,僵硬地说了三个字:我不要。今天上午评选正式揭晓,简土根得票数第五名,晓瑶想打电话向他道贺,却发现电话关机了,不久公司领导就来电告知,这个简土根突然失联了,这可是从未有过的事情。

"十八年如一日……"老邱突然满脸正经地看着妻子,嘴里念叨着,好像对这个词产生了某种疑惑。

"是呀,你说,辛辛苦苦干了十八年,现在也算有了个回报,他却跑了……"晓瑶说。

"跑了?为什么跑?"老邱端着碗愣住了。

"我也不懂,好奇怪,多好的机会……"晓瑶叹了一声说。

老邱放下饭碗,说:"晚上我还是到局里加班。"

"刚才不是说今晚不用了吗?"晓瑶问。

"我临时想的……"老邱没说完,匆匆就离开了家。

第二天早上醒来,晓瑶发现老邱还没回来。通宵加班,对他这个工作狂来说,也算家常便饭。她打开微信,与在外地读大学的儿子视频聊天。儿子问:老爸呢?她说:加班,没回来。儿子笑了笑,说:十八年如一日。晓瑶一怔,说:你说什么?儿子说:十八年如一日啊。晓瑶猛然想起,十八年前老邱还是小邱,还在下面B县的刑警队,负责当地一个杀人案的侦破,但是那个案子一直没破,后来老邱调到了市局,心里还一直记挂着那个案子,儿子根据时间的推移,偶尔会打趣他说,十年(十五年、十六年、十七年)如一日。今年是第十八年了,昨天她也用到了"十八年如一日"

这个词,当时就察觉老邱的神情有点异常,一时不明白他怎么会这样,现在总算是明白过来了。无疑,这个词触动了他的心弦,可是她说的是环卫工简土根啊,两件事完全不搭界。

刚来到办公室,晓瑶又接到环卫公司领导的电话,说简土根还是没有消息,一查他最原始的招工档案,也没有留家庭地址,只填个籍贯 A 县。领导在电话里大叹,可以转城市户口了,他居然不要。晓瑶刚放下电话,又一个电话响了。这是老邱打来的。

"终于,我把他抓住了……"电话里老邱抑制不住兴奋地说。

"你说什么? 抓住谁了?"晓瑶惊讶地问。

"就是那个简土根,不,他真名叫作高土成,就是十八年前 B 县那个杀人案的嫌疑人,指模、DNA 都对上了……"

"啊!"晓瑶惊得手机差点掉在地上。

"这次你们那个评选活动,他当选后听说迁入户口,要到公安局按指模、抽血验 DNA,他怕了,干脆一跑了之——这么好的事,一般人怎么会跑呢?"

"这也是啊,我也奇怪,就没想到……"

"他十八年如一日,我也是十八年如一日啊,总算没有白费劲,感谢你那篇《十八年如一日》的文章。"老邱带着一丝诙谐的语气说。

晓瑶愣愣地说不出话来。

文川坊 9 号

　　暮色飘荡，面前的残墙断壁，魅影幢幢。我从新街区穿过一条小街来到这里，就像从现代来到古代，眼前的色彩也由彩色转为黑白，然后便是锅底一样黑。我记得我最后一次现场办公时，从下午直至傍晚，落日余晖涂抹在这片高低错落的红砖厝上，许多老房子次第亮起灯光，远处的汽车声被暮色隔开了，幽亮的青石板小巷里响起一个老人喊叫孩子的声音……我在里面曾经几次想起这个苍老的拖着长腔的声音。有一天当我收到一个落款"文川坊 9 号"的包裹时，我就知道是他寄来的。

　　包裹里是一只黑色的纱帽，它陪我在监狱里度过了 9 个寒冷的冬天。

　　这片叫作文川坊的街区，纵横交错着许多街巷，大多是明清建筑，其中不少是富商所建的红砖大厝。百年沧桑，房子破落不堪了。这片街区位于马铺县传统的商业地带，老早就有开发商盯上了它，前面几任领导都没敢打它主意，但新来的高书记力主开发，情况就发生了变化……

　　县里很快成立以冯常委为组长的文川坊拆迁领导小组，高书记 3 次听取拆迁工作汇报，先后在相关报告上做了 5 次批示。但是，拆迁工作一直进展缓慢，冯常委还因工作不力，被高书记在全县干部大会上点名批评。一天，冯常委到市里开会，所乘小车被大货车追尾，冯常委不幸身亡。我以副县长的身份接替了他的组长职位,高书记亲自找我谈话,说:"你好好干,年底这届调整……"他没有把话说完,但我明白他的意思。

我记得我第一次来到文川坊时带有点微服私访的味道,我是下班后独自一人来的。发亮的青石板路,高大的红砖厝,有的墙壁坍塌了,有的大门紧锁,有的则租给进城的农民,院落分隔成几块。我走到一户人家大门前,看到一个老人坐在石门槛上,不由停下脚步。老人若有所思地坐成一个雕像似的,从他身后望去,是黑洞洞的厅堂和厢房。

"大爷,你住这里面吗?"我问道。

老人看也没看我一眼,定定地说:"我高祖父住这,我曾祖父住这,我爷爷住这,我父亲住这,我住这,我儿子不住这,但我孙子住这……"

"你不想住新房吗?"我又问。

"老房子怎么了? 老房子就应该拆掉? 老房子是有灵性的,我真不明白,"老人忽然抬起头看着我说,"你们为什么这么热衷拆老房子?"

我心里暗自一惊,不想暴露自己的身份,便愚蠢地说了一句:"我只是过路人,顺便说说……"

"不用瞒我,冯常委我也认得,不是突遭车祸暴毙了吗?"老人淡淡地说。

他所使用的"暴毙"这个词,令我惊悚。我连忙转过身,钻进暮色走了。

文川坊的拆迁还是有了很大的进展,高书记充分肯定了我的工作。一次现场办公,我又遇到了那个老人,他还是坐在石门槛上,这时我才发现他原来是个瞎子,心里便松了一口气。但他似乎认得我,既像对我说又像自言自语:"老房子是有灵性的,你们就不怕吗?"

我不得不正色告诉他说:"老大爷,我们是唯物主义者,没什么好怕的。"

"你是怕头上的乌纱帽吧?"老人说,"放心,我以后会寄给你的。"

终于,文川坊的拆迁还是全面展开了,庞大的推土机像猛兽一样扑向屡弱无助的老房子。但是就在这时节,我被市纪委带走了,前年我负责的一项工程出事了……

我在监狱里待了9年。虽然监狱和文川坊相隔几百公里,但还是时常有马铺的消息传来。据说我出事后,高书记亲任组长,但不久他就查出了肝癌,在病床上折磨一年多还是撒手西去。高书记为什么力推这一工程,原来他一个情人的大哥是开发商之一。文川坊工程彻底烂尾了,但文川坊已是一片废墟,不可挽回……

时隔9年,这片废墟一样的街巷,到处漆黑一团,原住户无法生活,不知散落何处,那鬼影一样晃动的是几个住在胡乱搭盖的草棚里的拾荒者。我走到印象中的文川坊9号前,那红砖厝早已是一片荒地,地上还长着半人高的野草。我好像看到那老人还坐在石门槛上,他说:"老房子是有灵性的。"

我摘下头上的黑纱帽,放到地上,突然黑暗中蹿出一条狗,叼起帽子跑了,我着实被吓了一跳,差点惊瘫在地……

全民微阅读系列

寒夜的烤红薯

窗台上的光线一点一点淡去，终于变成漆黑一团。他迷迷糊糊中哆嗦了一下，像是从梦里惊醒，又像是跌落昏昏沉沉的梦境。风从窗口吹进来，呜呜呜，好像一支唢呐低低地吹着。他猛然想起少年时代在土楼乡村，父亲出殡时的唢呐声，一声声鞭打在他心上。后来他担任马铺副县长时，曾经回去给父亲迁坟，也请了一个响器班，那天的唢呐锣鼓合奏得多欢快。但是此时，他的耳里只有低沉、哀怨的声响。

他从藤椅里站起身，这把不知岁数的老藤椅吱吲地叫了一声。天已经黑透了。他想中午还剩下一小坨饭，把剩菜汤一起煮成粥，也就是马铺所说的"猫粥"，这个晚餐也就可以打发过去了。曾经有很长一段时间，他每天晚上不知有多少个饭局，不知要往肚子里装多少东西。现在好了，每天只要中午有意多做一点，剩下的饭菜，就当晚饭吃。有一次，儿子突然从厦门回来看他，父子俩把饭菜全吃光，晚上他懒得再做饭，就饿了一晚上。他想起刚刚进去时，曾经饿了两天，那才叫饿呢，饿得肠子都要断了。

走到墙边，他摸到开关打开了电灯，这间狭窄的厅房亮起了昏黄的灯光。8 年的监狱生活，他早已适应这稀泥一样黄蒙蒙的光线，刚刚搬进这房子时，他不得不把 60 瓦的灯泡换成 15 瓦的。

这房子还是他在马铺县民政局当科员时分的，房改买下来了。后来他至少搬过三次新房,这套老房子几乎被遗忘了,大门落锁,房间里面结满蛛网。后来他出事了,那些房子或被没收,或被拍卖,他从监狱出来,幸好还有这老房子可供栖身。

他走到厨房,所谓厨房就是阳台改造而成的,空间局促。他把剩菜倒在剩饭里,加了一点自来水,整锅端到电磁炉上,按了几下,都没动静。电磁炉坏了,他心里叹了一声,要是没加冷水,剩饭菜还可以吃,里面也是常常吃冷饭菜的,这加了自来水,他想想全身就发颤。愣愣地待了一会儿,他又转身缓缓走回厅堂。

屁股在老藤椅里坐下来,听到屁股下面吱呷一声,他神思突然飞到那一年。他刚刚升任马铺县副书记,有人送了一副家具,说是花梨木的,屁股坐再久也不会麻不会痛。他说,我的屁股有这么金贵吗?对方一脸谄笑说,当然,您坐镇马铺嘛。

窗户没关,冷风呼呼呼地直灌进来。他站起身准备去关窗户,听到外面有两声敲门声。是的,敲门声,他回来之后第一次听到的敲门声,当年家里的敲门声是接二连三,客人络绎不绝,现在他出来后住到这里半年多了,这还是第一次听到敲门声。

他连忙走过去打开门。门口是一张比他还老的脸,他认不出是谁。

"曾书记,你忘记我了,我是圩尾街老罗,当年我是你的挂钩扶贫对象,有一年冬至,你到我家送了一桶花生油,还有一床棉被……"

他一点也想不起来了,过去每逢年底,总要代表政府去慰问一下贫困人家,所送的东西都是公家采购的。他完全没有印象,面前这张苍老的脸他更是一点也没有印象。

"曾书记,谢谢你送来的棉被,说实在的,那年要是没有这床棉被,我家真是过不了了……"

那人突然伸过手来,往他手上递了一个塑料袋装的东西,热乎乎的,散发出一股热气。

"也没什么东西送你,我现在解放路口卖烤红薯,你尝尝……"

他手上接过塑料袋,那人转身就走了,生怕他不接受一样,走到楼梯转角还回头说了一声:"你尝尝,自家的……"

他打开塑料袋,是一只硕大的烤红薯,散发出一股迷人的香味,他大口咬了一口,绵软清香,全身立即热乎起来,忍不住连吃了三四口,真是好久没吃过这么好吃的东西了。在他这一生中,他收过中华烟、茅台酒,收过160多平方米的房子,收过人民币、美元、欧元,收过浪琴、江诗丹顿,唯独没有收过这么好吃的烤红薯。他张开大口,四五口便把烤红薯吃掉了,肚子里又暖又舒服,舒服得肠子叮叮咚咚地唱着歌,心里慢慢涌起一种感动……他犯事坐牢后,几乎人人认为他是一个罪该万死的贪官,但是现在,却有一个人来感谢他,并送他一只无比好吃的烤红薯。他的眼泪默默流了下来……

一个多小时后,他走到解放路口,这里只有一个烧烤摊。他问:"那个烤红薯的老罗呢?"烧烤摊的一个小伙子说:"你说老罗?去年就死了,不然我哪有这个摊位。"

死了?他猛地张大嘴,惊讶得说不出话……

响　雷

　　一阵响雷轰隆隆地滚滚而来，就在屋子上头炸响了，于庆生听到"砰"的一声锐响，整座房子都被震得晃了一晃，连床上的老婆也惊乍地动弹一下身子。于庆生连忙安抚她说："没事，挺好啊，春雷响，万物长。"

　　嘴上这么说，他心里却是嘀咕着，这雷哪里不劈，偏偏劈到我家屋顶上来了？雷声过后，风雨也渐渐小了。于庆生出门一看，原来立在屋角边上的那棵老龙眼树被劈下了一大枝丫，像一根断臂一样掉在屋瓦上。他心里怦怦直跳，这雷的威力可真不小，怎么就劈到我家屋顶上？莫非……这时，屋里的电话响了，他走过去拿起话筒，原来是村主任打来的。

　　"老芋头，明天上午我带记者来采访你。"

　　"别……别采……"

　　"你是市里的道德模范啊，采访是县里安排，这可由不得你。"

　　放下电话，于庆生不由倒吸了一口冷气，那手雷一样的话筒一递到嘴巴下，他准说话结巴，而且他觉得照顾瘫痪卧床的老婆，这不是应该的吗？有什么好采访？上回记者就采访过一次，还用了一个词"二十几年如一日"。他怎么也弄不明白，没错，是二十几年了，那可是非常漫长非常辛苦的二十几年，怎么就"如一日"了？要是二十几年能变成一日，那真是谢天谢地了！谁能感受得到二十几年的艰辛和无奈？看着电视上播的自己，他觉得很陌生，听到他们嘴里说的自己，他越发感觉说的是别人。我真的有那么道德、那么模范吗？连他自己也怀疑了。

床上的老婆移过眼睛，定定地看着他。他心慌慌的，想了想，还是决定说出来："老婆子，雷把我们家龙眼树劈掉一权了。"

"哦？"老婆子眼珠子轮转了一下。

"我在寻思呢，我是不是做错了什么事？"

"你呀，就是多心眼，不就打个雷吗？"

"嗯，好心有好报，坏心遭雷劈，是这个理。"

"雷只劈在屋顶上，又没把人怎的。"

"我觉得蹊跷啊，这雷不打在别人家屋上，偏偏就打在我们家屋上？"

"老芋头，你就别瞎琢磨了。"

这个晚上，于庆生在床上翻来覆去地睡不着，我害过人吗？我欠人钱忘记还吗？我偷过东西吗？我白占过人家便宜吗？脑子里把无数往事过滤一遍，他实在想不出自己有过什么劣迹，但是，这雷怎么就偏偏打在自家屋顶上，还把龙眼树打断一权？于庆生想得头要裂了，也没想明白。

天亮了，于庆生打起精神侍候老婆吃过早饭，准备把她抱到轮椅车上，推到外面走一走。老婆说："算了吧，看你昨晚没睡好，省点劲吧。"于庆生心头一热，突然想起几年前一件事，立即明白雷为什么打在了自家屋顶上。他默默帮老婆掖好被子，然后准备出门买菜。这时，村主任带着一帮记者上门来了。

那话筒伸到于庆生眼皮底下，他的心就乱慌慌的，连身子都不自在地哆嗦。

村主任说："你就正经说两句啊。"

于庆生几乎被话筒逼退到了墙角，他咽了咽口水，说："其实，我没你们想的那么道德、那么模范，真的，几年前一天，我实在受不了，真的——我，我用板车推着老婆，说带她去赶圩，就把她丢在半路上，自己跑到圩上小店吃了一碗面，后来，越想越觉得不对劲，还是掉头回来找到老婆，撒谎说我拉肚子去了，然后推着她到圩上逛了一圈回家，我，我那时真的是想把她丢了——所以，昨天，昨天响雷就打在我家屋顶上了！我，我保证，我就有过这么一次坏念头……"

屋子里霎时静下来，静得似乎可以听到每个人的心跳。村主任赶忙打圆场说："哎呀，这都过去多少年了……"

这时，床上传来越来越响的压抑不住的啜泣声，那是于庆生的老婆，她哽咽着说："老芋头，那次我就知道你想丢了我，唉，你丢了我，我也不怨你……"

死鬼还乡

"哥，我刚才在圩上看见三耳了！"

"什么？你说什么？"

"三耳啊，三……"

"三耳都死了一年多，你还能见到他？你见鬼啦？"

"真的啊，我不骗你，三耳整个人傻了，穿得比乞丐还破烂，他坐在旧粮站的台阶上，全身臭烘烘的，很多苍蝇在那飞来飞去，要不是看到他右耳多个小耳朵，我怎么也不敢认。"

"你认他了？"

"没有。"

"他认你了？"

"他整个人都傻了，什么人也认不得。"

兄弟俩说话间，床上的母亲抖抖索索翻动着身子，有气无力地问："你们说三耳？我的三耳，他在哪？在哪……"

老大向老二使了个眼色，转身对床上的母亲说："不是说三耳，三耳都死一年多了，说他干什么？"

"我明明听到你们说三耳……"

"你耳聋听错啦，没人说三耳，我们是说进城打工的事。"老大又说。

"三……三耳……"母亲呶着嘴，心里的话像是被痰堵住了，说不出来。

三耳是家里的老三，右耳边多长了个小耳朵，所以叫作三耳。一年多前，三耳被村里暴发户汪老财选进淘金队，一帮人到了好远的地方淘金，有一天山洪来了，三耳被山洪冲走了，生不见人死不见尸。兄弟俩来找汪老财要人，汪老财最后不得不同意赔偿25万元。那山洪多大啊，大家都认定三耳必死无疑，他也早已变成人们嘴里的"死鬼"。那25万元，兄弟俩平分了，各自在土楼外面盖起了一间楼房，老二还花几万元从长汀买了一个老婆。也正是这三耳一死，原本身体挺好的母亲就病歪歪的不行了，三天两头起不了床，兄弟俩有空就来土楼老屋照看她一下。午饭后老大提了一饭甑的卤面来探望母亲，母亲说中午不想吃，晚上再吃，这时老二惊惊咋咋就蹿进来说起三耳。他们原以为母亲耳聋，一般说话听不清，谁知母亲的耳朵对"三耳"两个字特别敏感。

老大把老二拉到卧室外面的廊道上，带上卧室的木门，压低声音说:"你瞎嚷嚷什么啊?"

"我这不是慌了吗? 你说,那死鬼回来了,他原来没死……"

"他竟然没死啊?"

"他没死,人虽然傻了,可他还记得回家的路,他这都走到圩上了,还剩八九里路,明天就能走回村里了。"

"他原来没死? 这死鬼……"

"哥,三耳没死,还回到了家里,这事要是让汪老财知道了,他不是要把那25万元讨回去?"

"是呀,汪老财要来讨钱,这也是没办法的事。"

"钱都盖了房子,还娶了老婆,我没钱还他了,难道他能把我房子拆了不成?"

"看你急的,你急什么呀? 你就不能动点脑子?"

"哥,你说这死鬼,都死一年多了,他还要回来,这不是给我们出难题吗?"

"我们得想个办法……"

"唉,这事不能让汪老财知道了。"

"他知道了,还有老妈知道了,这就不好办了……"

"无论如何不能让汪老财知道……也不能让老妈知道……"

兄弟俩陷入了一阵长久的沉默里。卧室里的母亲从床上慢慢坐了起来,轻手轻脚下了床,她的两只耳朵像兔子耳一样竖起来,耳朵里面飘满奇怪的呼呼呼的声响,她心里喊了一声"我的三耳"。自从听说三耳死后,她就病倒了,现在她的耳朵突然痒得厉害,她知道一定是三耳在念叨她,死鬼三耳没死,他没死! 他就要还乡了! 母亲的身子像筛子一样抖动起来,两手僵在了空中,身子还抖个不停。她心里喊着:"三耳啊,我的三耳……"她用手堵住嘴,生怕声音从嘴里跑出来……

走廊上的老大咳了几声,老二挠着头,兄弟俩的表情都是一样的忧虑。老大清了清嗓子,拉着老二往前走了几步,说:"我看就这样吧,你骑个摩托车带着他,骑到隔壁的永定长汀去,走得越远越好,然后把他扔在哪个偏僻的山坳里,让他回不来。"

"这没用啊,他一年多前被山洪冲走,那么大的山洪,人都傻成那样了,可是他还认得回家的路。"

"这死鬼,居然还能认路,不佩服不行啊。我再想想……"

"哥,得想出个好办法,不然汪老财要找我们讨钱,我们就麻烦了。"

"这死鬼,都死一年多了,看来,最好的办法就是让他再死一次。"

"对,这个办法好,只有这死鬼死了,我们才能活啊。"

老大拍了一下老二的肩膀,说:"那就晚上'赶圩',一起动手。"老大眨几下眼示意老二先走,他走到母亲卧室的木门前,听了听里面的动静,然后打开木门往里面望了望,看见母亲依旧躺在床上,单薄的身子在被子下面,像是奄奄一息似的,没有生机。老大没说什么,默默关上门走了。

天擦黑了,吃过晚饭的兄弟俩各自出了家门,一前一后往村子外的土路上走去。夜色越发黑了,路上只有两双脚步声,啪哒、啪哒,一起一落,有时走在前面的老大回头望一下后面的老二,有时老二提速快走几步,两人都没有说话,心照不宣,心怀鬼胎地保持着沉默和距离。

终于走到圩上了,兄弟俩在路边会合,面对面点了点头,算是相互鼓鼓气。他们向着旧粮站走去,月光像水一样照在他们的脚下。突然,兄弟俩刹住脚步,他们借着月光看到台阶上居然有两个人!那是母亲一手搂着那死鬼的肩,一手捻着他右耳上的小耳朵,嘴里一声声地喊着:"我的三耳,我的三耳……"那死鬼三耳神色茫然,眼睛不停地眨着。兄弟俩呆住了,他们万万没想到,病恹恹的母亲竟然赶在他们的前头找到了死鬼三耳!耳聋多年的母亲难道都听到了他们的说话?

母亲抬头看到兄弟俩,惊喜地说:"我的三耳在这,他没死,没死,他要回家啦……"

表哥的表印

小时候,村里来了一个干部,手上戴着一块手表,手腕一抬,随时随地知道时间。表哥的眼睛瞪大了,心想,要是自己长大也能戴块手表该多好啊。愣愣地想着,表哥就拿圆珠笔在手腕上画了一块手表。父亲走过来,拍拍表哥的头说,好好读书,以后吃上公家饭,就会有了。

后来,表哥考上一所大学,工作后领到第一个月工资,买了一块电子表。不久,表哥当上股长,电子表换成了机械表,虽是普通品牌,也花了半个月工资。

几年后,表哥当上副局长。有人送了一块包装精美的手表。表哥推了过去:这怎行呢?对方又推了过来:别嫌弃嘛,下回我送你一块国际名表。

几年后,表哥当上局长。那个朋友果然送来一块叫劳力仕的国际名表,不久又有人送了一块江诗丹顿,表哥轮流着戴,大家都说,局长好有品位啊。

终于，表哥当上了副市长，有人送了一块百达斐丽。表哥戴着它坐在主席台上做报告。绝不允许腐败，发现一起查处一起，绝不手软！说到这里，表哥抬起手，做了一个坚决铲除的手势，那百达斐丽正好从西装袖口露出来，亮晶晶地晃着。咔嚓，定格。

有眼尖的网友发现表哥戴的是百达斐丽，质疑表哥怎么戴得起这么好的表。表哥赶紧上网查一下，乖乖，这么多钱？他马上从手腕上取了下来。

第二天，上级领导来视察，表哥指着规划图向领导汇报。表哥的手高高抬起来，手腕上没有手表了，只有一道表印。咔嚓，定格。

又有网友看到表哥手上的表印，关心地追问百达斐丽哪里去了？表哥觉得网上这些声音很讨厌，准备让人去打点一下，把它们消声了，但是，上级也关注起表哥的表印，他被调查了……

面对桌上的纸笔，表哥半天写不出一个字，突然拿起圆珠笔，在手腕上画出一只手表。他想起小时候也曾经这么画过手表，那时，手腕上戴着自己画的手表，一天准两次，晚上洗澡，水冲洗一下便消失了，现在这百达斐丽要是也能用水洗掉，该多好啊……

可是，这一切都来不及了。没多久，表哥手腕上戴手表的地方戴上了一副手铐。

现在几点了

赶在父亲弥留之际,他从城里回到了乡下的老宅。父亲看到他,似乎来了一点精神,从手腕上剥下那块戴了一辈子的手表,塞到他的手里,眼光定定地看了他一眼,然后头一歪,什么话也来不及说。

父亲当了一辈子民办教师,把许多山里的孩子送出了大山,自己却像燃尽的油灯被山风吹灭了。这块手表是父亲最值钱的个人物品,因为年深月久,加上磨损,手表早已看不出什么牌号,而且,指针正好停滞在父亲过世的那个时间,再也不走了。

从父亲最后的眼神里,他似乎明白了父亲的期望。从此,他就戴上了父亲留下的这块手表。

有一天,他下乡回来,路上忍不住问司机,现在几点了?司机的手表坏了,昨天刚拿去修,惊讶地说,局长,你的手表也坏了?他没多说什么,只是让司机跑快点,三点半市委还有个会。

局长戴了一块坏表的消息,不知怎么就传了出去。这天晚上,家里就来了一个客人,临走前留下了一块包装精美的名表,他看也没看,坚决地把它塞回到客人的怀里。

他还是戴着那块不能走的坏表,上班、下班、开会、检查工作,时常要问一下司机、秘书或其他工作人员,现在几点了?被问到的人迅速看一下自己的手表,回答出一个准确的时间,有的人还斗胆地趁机建议他换一块好一点的好表,他总是沉着脸不吭一声,久而久之,再也没人敢和他提起换表的话题。

适逢发生水灾,他陪市领导来到街上察看灾情,领导突然问他,现在几点了?他愣了一下,连忙转头问身边的人,现在几点了?市领导当即不悦,在随后的灾情分析会上,还不点名地批评个别同志没有争分夺秒的精神,时间观念不强。他知道是在说他,也没有任何的解释,分内的工作及时地布置、安排,自己常常加班到忘记了时间——要不是司机或秘书提醒,他真的不知道是几点了。也难怪,他腕上的手表不能走,指针始终停在父亲过世的那个时间。

现在几点了?——一年又一年,他就这么过来了。批评过他的市领导,以及欣赏他的市领导,接连落马了几个。有几次他似乎有升迁的希望,但最后还是原地踏步。这一年,有了手机,手机上有时间,他终于不需要再问别人了。而不久,他也退休了。有一天,在老人公园里,身边突然有个人问他,现在几点了?他伸出手腕给大家看,大家看到那是一只不能走的坏表。但是有一个内行的人发现,这是一只业已停产的有收藏价值的旧表,表示愿意用一块市价 1 千元左右的新表来交换。他笑笑地拒绝了。那人说,你这表都不能走了啊。他说,谁说不会走?一天准点两次。

有一天,大学毕业刚刚参加工作的儿子忍不住说他,手机可以看时间了,何必还在腕上戴块坏表?他把手腕伸到儿子面前,说看到没?12 点整,这是你爷爷过世的时间,我戴着它不是想知道时间,而是为了记得做人要像你爷爷一样正点。

儿子要回来

今天生意不错,不到十一点,所有的肉都卖光了,案板上只剩下几点碎屑,空中飞着一只伺机来袭的苍蝇。小林子哼着家乡山歌和网络热曲混搭的调子,把案板最后清理一下,准备回出租房去。今天不用吃外卖快餐了,可以炒两个菜犒劳一下自己。

"小林子,今天你好卖呀。"旁边有人冲着小林子说,他也是卖肉的,案板上还有些大骨、白肉之类的没卖出。

小林子咧嘴笑笑说:"不是我好卖,是肉好卖。"他正要从案板后面走出来,迎面看到徐婶站在面前,徐婶脸上带着一种尴尬,眯着眼直盯着小林子,嘴角很生硬地抽搐一下,又一下。

"饭菜做好了?"小林子打了一声招呼。

"我……"徐婶欲言又止。

小林子一眼看到徐婶手上的薄膜袋里的那根猪脚,有些疑惑不解。这徐婶就住在这农贸市场后面的小巷里,市场上的肉摊主对她都不陌生,因为她看得多买得少,甚至可以说几乎不买,偶尔买点也都是最便宜的五花肉,还要同摊主讨价还价大半天,就是买青菜,她也总是午饭前来买一些黄了的降价菜,有些摊主干脆就把快烂掉的菜送给她。今天一早,小林子刚刚把整坨肉摆上案板,徐婶就来了,眼睛是眯眯的,似乎带着一种抑制不住的喜悦,很客气地说:"小林子师傅,猪脚还没卖掉吧?给我来一根后脚。"小林子帮她把猪脚剁好,装在薄膜袋子里,她用一大把毛票付了钱,居然没有讨价还价,满心欢喜地提着走了。但是现在,她怎么又提着回来了?

"哦,短你斤两还是?"小林子问。

徐婶摇摇头,嘴唇翕动着说不出话。

"那到底是怎么了?"小林子有点急了。

"能……不能把猪脚退还给你?"徐婶局促不安地说着,眼睛里又是惶恐又是期待。

"你看我都收摊了,再说,都已经剁成一块一块了,怎么能退?"小林子说。

徐婶的眼光一下黯淡了,低着头嘀咕说:"这真是很不好意思……可是家里没冰箱……我们也不吃……"

"你不吃,怎么一大早就兴冲冲来买?"

"我儿子,昨晚上打电话说今天要回来,他爱吃……"

"哦,买给儿子吃的呀?"

"是啊是啊,他最爱吃猪脚花生煲了,"说到儿子,徐婶眼光似乎又亮了起来,"他在大城市打工,难得回来一次,我想做猪脚花生煲给他吃。"

"他说回来怎么又不回来了?"

"嗯,他原本今天要回来的,刚才打电话来说,有个工友临时病了,让他替班,他想,替班可以多领一份工钱,今天又是黄金周第一天,车票涨价了,他就想多上几天班,过了黄金周再回来,多赚工钱又少花车钱……"

小林子心想,有其母必有其子,都这么会算,不过马上想到自己,从乡村来到这小县城谋生,每天早早到屠宰中心贩一头杀好的猪来卖,其实也和他们一样,必须精打细算才有赚头,这日子才过得下去,正如大伙说的,生容易,活不容易……

"小林子师傅,你看……"

"今天儿子不回来,猪脚就放冰箱速冻嘛,几天都不会坏。"

"家里没冰箱……"

小林子怔了一下,城里人连冰箱都没有?他也不清楚徐婶的家庭情况,但是看她平时连没人要的烂菜叶也要捡回家,也就知道个大概,他脱口而出:"儿子爱吃,你们就不爱吃吗?你和你老公吃嘛。"

徐婶像是慌了神,提高了声音说:"哎呀,我们俩随便吃就行了,这猪脚太高档……再说,他摔断了腿,在家都一年多没赚钱了……"

她的声音低了下去,小林子看到她头发里一绺一绺的斑白,心里叹了一声,说:"好吧。"

"太感谢,太感谢了……"徐婶把装着猪脚的薄膜袋子放在案板上,搓着手,声音都有些颤抖了。

小林子记得这根猪脚是 25 元,就数出一张 20 元和一张 5 元给徐婶。她接过钱,手似乎都有些哆嗦,眼光闪闪的,然后缓缓转过身去,又回头说:"等我儿子回来,我再来向你买。"

看着徐婶略微佝偻的背影,小林子心里"咚"地响了一声,他突然一下子想起了乡下的母亲。抬头再看徐婶,她脚步匆匆,已走出了市场。小林子急忙提起案板上那只装着猪脚的袋子,大步追了上去……

收　买

作家在键盘上打出最后一个句号，身体不由自主地往椅背后面靠去，如释重负地舒了一口气。朋友的网站举办反腐倡廉作品大赛，一再向他约稿，终于赶在截稿前完成了。这部作品凝聚了他的许多心血，故事的创意、情节的展开以及人物性格的塑造，经由他的十根手指在电脑键盘上嘀嘀嗒嗒地日夜兼程地敲打，笔下的人物已经栩栩如生。

当作家上了一趟卫生间回到书房时，一件不可思议的事情发生了。沙发上站起了一个衣冠楚楚的中年男子，目光充满期待地热切地看着作家。

"你是谁?"作家不由倒抽了一口冷气。

"你好啊，大作家，见到你我真是太激动了。"这个人走两步上前握住作家的手，使劲地握着，还摇了摇。

"你……你到底是什么人?"

"我就是你作品里的甄市长啊，你不是刚刚把我写出来了吗?"

作家一下子明白了，原来他是自己笔下的主人公，现在居然穿越到现实中来找他了。这种情况还是第一次碰到，作家显得有点局促，不知是请他入座还是给他端一杯水，不过作家立即想起在作品里给他设计的生活习惯是从不喝水的，只喝铁观音和洋酒。

"伟大的作家，久仰了。"

"甄市长见笑了，我只不过是一个无权无势的作家……"

"不，你有生杀予夺的权力，我的命运就捏在你的手里啊。"

作家知道，这确实不是恭维，在他自己的作品王国里，他是有这个权力的。他微微一笑看着面前的甄市长，看着这个自己一手创造出来的熟悉的陌生人。

"作家啊，你前面写我少年时在乡村怎么刻苦读书，大学毕业后又主动要求到艰苦地区工作，这些都很好，我很满意，谢谢你。"

"我是按艺术规律来写的。"

"但是，后面你把我写到监狱里去，这就不好了，真的很不好，我希望你能够改一改故事的结局。"

"后来你变质了，结局是不可改变的。"

"哎呀，作家，你怎么这么死心眼，只要你把我的结局改好一点，我会给你好处的。"

作家一下明白了，甄市长想要收买自己，改变故事的结局。他冷冷地说："甄市长，告诉你吧，我不像你一样是可以收买的。"

"作家，我看你生活也比较清贫，你可以开个价……"甄市长凑到了作家面前。作家看着他的酒糟鼻子，像烟头一样亮了一下——这个原来还是作家描绘的比较满意的细节，此时令他无比厌恶，他蓦地拔高声音说："不行，这绝对不可能！"

作家快步走到电脑前，在键盘上摁了几下。甄市长倏地消失，地上干干净净不留一丝痕迹。作家心想：想收买我，没那么容易。他操作着鼠标，把作品发送到朋友的网站。

第二天，作家看着网站上发布的作品，眼睛慢慢瞪大了。原来故事的结局居然被改变了。他的胸口像是被插上一把刀，立即拨通朋友的电话,愤怒地责问:"你为什么改动故事结局？你怎么能随意更改人物的命运？那个甄市长是一个彻底变质的坏人,你居然把他的结局改成不受查处,反而官升一级？"

朋友在电话里轻声细语地说:"作家息怒,你听我说……"

"不行,我决不允许你这么改!"作家语气坚定,丝毫没有商量余地。

"我说作家,你也太书生意气了,还是现实一点吧。"

"不,我决不同意!"

"只要你同意,好处少不了你的……"

作家觉得受到了侮辱一样,生气地挂断了电话。他想,朋友肯定是被收买了,不由悲从中来,为什么在利益面前,有的人的防线是如此脆弱,不堪一击呢？

看着网站上被改变了结局的作品,作家看到自己像是被剥光衣服押上审判台一样,而甄市长一干人道貌岸然地坐在主席台……他痛苦地闭上眼睛。恍惚中,作家听到一声娇滴滴的招呼:"嗨——"他看到一个年轻女人扭着小蛮腰向他走来,满脸是献媚的笑意,像菊花那么灿烂,几乎亮瞎了作家的眼睛。作家认出来了,这正是自己所写的漂亮女人贾小红,作品中甄市长最宠爱的情妇。

"作家,你好讨厌啊,都不理人家了……"贾小红扭着腰像美女蛇一样往作家身上黏上来。

作家猛地站起身,手在键盘上啪啦按了一下,贾小红顿时消失,电脑屏幕上出现一个对话框:你确定要毁灭这个作品？

作家用力地按下"确定"。电脑上响起一阵碎裂的声音,作家好像也听到了自己心碎的响声。屏幕一片漆黑,像无边的海水漫过,然后什么也看不见,什么也没有了。

作家双手掩住脸,心想:艺术可以毁灭,艺术的良知绝对不可以被收买。

欢喜就好

笃,笃,笃。

无人应答。我的敲门声消失在这片沉寂的夜色里。小屋子后面就是层层层叠叠的墓园,朦胧的月光下,一切显得如此寂静,只听到我自己激烈的心跳。

嘭,嘭,嘭!

我抬起手,使劲地又敲了三下门。屋子里还是静得像后面的墓地一样,这守墓人的屋子,应该有个人的,他们告诉我,他住在这里,除了白天几次上山巡墓,整个晚上他都待在这里面,现在还不到八点,莫非他已经睡沉过去?

"康总,康总!"我叫了两声,又换了一种叫法,"康老师,康老师。"

这时屋子里终于响起窸窸窣窣的声音。看来,还是"康老师"起了作用,我知道,他有过那么多风光的、霸气的头衔,但他还是在乎"康老师"的。

屋子里亮起灯光,脚步声响了过来。门"吱"地开了,门后那张久违的脸让我心头一震。他明显苍老了许多,却一脸平静和淡泊,看到我时也不惊不喜,只是默默转过身往屋子里走去。

这是一间不大但收拾得很简洁的屋子。他走到一张小方桌前,指着椅子示意我坐下。我这才发现,这是唯一的一张椅子,或许他真的不需要第二张椅子,因为从来不会有人进入他的屋子。

"康老师。"我说着,把手上提的那盒酒搁在了桌子上。

他的眼光被那盒子上的商标吸引住了,我发现他目光定定的,突然间闪了一下,他的嘴角好像哆嗦了一下,问:"这是什么——"

"我前些天到河南参加一个贸洽会,在郑州超市偶然发现这种酒,就想起了你,顺便给你捎了一瓶回来。"

"你这是——揶揄我吗?"

"不,不,不,"我连忙摆手说,"康老师,我绝对不是这个意思,我只是希望……希望你唤起生活的信心……"

或许是我过于紧张的表情,让康老师放松了,他咧嘴微微一笑,说:"我一直没有丧失过信心。"

"这就好嘛,"我心里也一下放松了,"康老师,这可是好酒啊。"

康老师从桌上拿起酒盒子看了看,眼里和嘴角荡漾着一丝笑意,这是他二十年前驰骋商场时的招牌微笑,像是在意和首肯,又像是无所谓。这是一瓶叫作"康百万"的清香型白酒,而我的康老师二十年前是我们这座小城的风云人物,他最著名的外号就叫"康百万",那时一般干部的月薪也不过二百来块钱,而他已拥有百万身家,自然风光无限。只不过他后来被卷入一桩大案,他被判了无期徒刑。他觉得自己虽然有罪,但无期徒刑判得太重了,于是不断上诉、申诉,结果还是维持原判。他渐渐也就死心了,我曾经从省城请了律师去探望他,他心如止水,淡淡地对我说,我还是认了吧。他在监狱里积极改造,坐了十八年的牢出来了,我邀请他到我公司去任一份闲职,被他断然拒绝。这次回乡,我方才听说他在墓园寻了个差事，就是做一个安静的守墓人。

"我已经好多年不喝酒了，不过闻闻酒气，也挺好的。"康老师吸了几下鼻子说。

"康老师，想喝就打开来，我陪你喝几杯，要是你喜欢这酒，包在我身上，我定期回来带给你或者快递给你。"

康老师带着一丝笑意打开了酒瓶子，一股酒香弥漫了整个小屋子。没有酒杯子，我们就用碗凑合，想来，康老师当年离开乡村中学进城"下海"，那是一段激情燃烧的岁月，我高中没毕业也来投奔他，时常陪着他用大碗喝酒，不醉不归，醉了更不归，那时候多么疯狂，多么快意。

"康老师，来，我敬你。"我向康老师端起碗，碗里的酒微微晃荡，然后哧溜被我喝下了大半碗。

康老师却只是端起碗，轻抿了一口。他这是在品尝，在回味，此时他心里又在想什么呢？想起那段"康百万"的时光吗？这只有他自己知道了。

"康老师，我想起一个对子上联：多喝点，少喝点，多少喝点。"

"早进来，晚进来，早晚进来。"康老师不动声色地接着说。

我愣了一下，不由赞叹说："这是个好对子啊。"

康老师又轻抿了一口酒，说："横批：欢喜就好。"

"好啊，好啊！"我兴奋地叫起来，康老师沉静的表情、敏捷的反应，让我心里有一种说不出的高兴，我知道，生活并没有把康老师击垮，他只是换了一种方式生活。

这一夜，我和康老师喝得很尽兴。"康百万"酒还有最后一点时，我要全部倒给他，他抓着我的手说："留余。"他眼睛定定地看着我，说："前面那几十年，不知节制，酒色无度，后面这二十年,方才懂得,还是要留余。"我突然屏住气不敢说话,把那点酒留了下来。

几个月后,我再次提着一瓶"康百万"酒来看康老师,发现上次留下来的那点酒还在瓶子里,好像熟睡一般,微微泛白,手一碰酒瓶子,满屋飘香。

八月盛宴

申晓佳在外面吃了快餐才走回家去。他不想在餐桌上看老爸的脸色听老妈的唠叨,那会使他吃不下饭,吃下去了就想吐出来。

打开房门,晓佳像做贼一样蹑手蹑脚的,但坐在客厅看电视的老爸老妈几乎同时扭过头来,射来两道不够友好的目光。

今天财政局老杨的儿子收到通知书了,他是一本,比你多了二十来分。老爸像在主席台上发言一样,绷着脸说。他是马铺县统计局的副局长,在政府大院里,谁家的什么人收到通知书,他一般都能很快掌握情况。从某种意义上说,这是他近几年来在八月份的工作重点。

我是二本的,可能过几天也会来了。申晓佳脸不红,心不乱跳,很平静地说。

老妈接上话茬,带着责备的语气说,你呀,要是认真点,去年就能收到通知书了。

因为去年没收到录取通知书,申晓佳在老爸老妈的压力下复读了一年。那时他是真不想复读了,准备到深圳投奔开公司做生意的表哥。老妈说,现在没大学文凭,你怎么在社会上混?老爸说,我这些年参加别人家的升学宴,据不完全统计,也快有八十次了,平均每次送红包一百元,也有八千元了,你怎么也得创造个机会,让我回收一些红包回来呀。晓佳突然发觉老爸还是有些幽默感的,算了,为了他的红包,就做出一点牺牲吧。

经贸局的老周的女儿上的是重点线,明天晚上就要请客了。老爸说。

我的通知书可能也快了。晓佳说。

这就好,我们到时在中闽大厦摆个三四十桌。老妈说。

今年刚考完,申晓佳就知道和去年一样没戏了,但是面对老爸老妈关切的目光,他却是镇定自若地说,考得很好,超常发挥。当他从电话里查询到自己的确切分数后,随即加了 120 分,然后打电话告诉给正在统计局上班的老爸。听着老爸连声叫好的声音,他突然感觉是得到老爸的真传了,轻松地把数字变动一下,就皆大欢喜了。

当申晓佳把"录取通知书"丢在老爸面前的茶几上,老爸的眼珠子似乎很艰难地转动一下,像是把卡在咽喉的物品猛地咽了下去,突然拔尖了声音叫道:来啦,好呀!

这张申晓佳从街头办证团伙那里定制的"录取通知书"就在老爸老妈的手上不停地传递。老爸打开了他的一本有些历史的笔记本,里面记载着他历年来的人情应酬,亲朋好友、同学同事,各种名目的宴席:结婚、寿辰、迁居、升职以及升学。逐渐增多的是子女升学宴。早几年,红包是 20 元,然后便一路看涨:28、40、60、80、100。当然这都是行情价,关系密切的一般在行情价上翻一番。老爸握着笔记本对老妈说,这就像买股票一样,现在终于可以兑现金了。他们欢天喜地地开始规划请客的时间、地点和档次，脸上荡漾的是一种报偿和发财的喜悦。对他们来说，晓佳的"录取"变成了一种手段，而非目的。这让晓佳心里稍稍有些宽慰。

八月的最后一天，申晓佳的升学宴在中闽大厦的宴会厅隆重举行。老爸老妈穿戴一新，站在大门口热烈地、热情地迎接各路客人，他们胸前佩戴一朵迎宾的礼花，满脸笑容，一边接受来客的祝贺，一边将他们送上的红包一一笑纳。

宴席一共摆了三十八桌。

开头申晓佳还坐在比较显要的那张宴席上，接受一些亲朋好友和同学的祝酒，后来他到了卫生间就没再回来了，似乎也没人注意到他的退席。宴席依旧在一片欢声笑语中继续着，并且不断掀起一个个高潮。从某种意义上说，升学宴已经和申晓佳的"升学"无关，变成了他老爸老妈的一项人际社交工作。

第二天，申晓佳就到了深圳。他还是打了个电话回来，犹豫片刻，他还是把实情告诉了老爸。出乎他意料之外的是，老爸并不诧异。老爸只是轻叹一声，说，我能不看出来吗？我早知道你的底细了。

那你怎么不说？申晓佳问。

我揭穿你干什么？像我们统计局报上去的数字，上面也能一下看出来，但是谁喜欢揭穿你呢？老爸说，我不和你多说了，你在深圳好自为之吧。

丢　失

　　铿锵有力的摩托车声刺破了校园夜晚的寂静，应道明听着它越来越近，最后就在自己的耳边戛然而止。

　　"一架车神气什么……"应道明嘴里咕哝着，把手上的书丢到一边，站起身关上窗户。但是他还是听见了梁天华"咚咚咚"上楼的声音，很刺耳。

　　梁天华是他的对门。十年前他们一起分配到这所近郊中学，全都是政治课教员，可是他们的关系很一般，仅限于见面打个潦草的招呼。上个学期，梁天华办停薪留职，跑到外面一家什么公司，这学期上级下达文件，要求停薪留职的教师全部归队，梁天华就回来了。大家发现，他脸色比先前黑了一点，但是精神状态很好，而且胯下多了一辆铃木王，全校第一架铃木王！

　　关上窗户，小房间的空气立即显得燥闷，正在看电视的老婆于萍扭过头来，不客气地说："你有病是不是？"应道明讷讷的，猛地把窗户推开。他一眼看见了梁天华的铃木王，在月光下像一只红色的巨鸟，时刻准备腾空飞起。

　　"早晚会被人偷走。"应道明说。

　　"你说过多少遍啦。"于萍不耐烦地说。

　　应道明第一次看见梁天华的铃木王停在宿舍楼前的空地上，便以不容置疑的语气告诉老婆，它早晚会被人偷走。于萍有个表兄上个月丢了一架新买的太子车，而自己前天刚刚丢了一架自行车,所以她对丈夫的预测表示支持,她的理由是,现在的小偷太猖狂了。但是一周过去了,一个月、两个月过去了,梁天华的铃木王并没有失窃,几乎天天晚上停在他们家的窗户下面。于萍早已不管它那么多了,只有应道明常常念叨着它。

"前天晚上工商宿舍一下子丢掉两架新车,你没听说过吗?"应道明对老婆说,"它早晚也会被人偷走。"

"偷不偷和你有什么关系?"于萍说。

"和我是没什么关系,"应道明说,"可我敢肯定它早晚会被人偷走!"

于萍懒得同他说话,专心地看着电视。

第二天,学校的起床铃还没响,应道明便起了床。他走到窗前,不禁一惊:梁天华那架铃木王还在老地方,在晨曦里显示着刚健流畅的身影。整夜没有推进屋里,居然没丢掉。应道明心想,梁天华这小子运气真够好的,他有个同学把摩托放在楼下,车锁也锁了,上三楼拿个东西下来,摩托就不见了,前后不过十分钟,可是梁天华整夜把摩托放在外面,居然……应道明越想越气愤,连上午上课也没了情绪,频频向学生无端发火。

中午蹲公厕的时候,应道明听见隔壁有两个老师在发布新闻,说梁天华想要承包校办工厂,昨晚请校长喝了一顿酒。应道明一下就明白,梁天华昨晚肯定喝得差不多了,不然怎么会把摩托车整夜扔在外边? 这鸟人运气也真够好,摩托车整夜扔在外边怎么就不被人偷走呢? 一想到这,应道明心里就有气,越想越气,气得都便秘了。他提起裤子,说道:"早晚要被人偷走。"

"你说什么?"那个新闻发言人不明白地问他。

"早晚会被人偷走,"应道明说,"我说梁天华的摩托车。"

"是啊,一不小心就会被人偷走,这年头盗贼太多啦。"那人深有感触地说。

应道明很有收获地走出公厕,满载而归。

日子过得很快,一晃期中考过去了。监考、改卷、讲评,紧张了几天,现在又可以放松一阵子了。实际上,放松了也没什么事干,应道明常常站在窗前发呆。梁天华的铃木王常常出现在他的视野里,有时候是飞啸的,有时候则是沉寂的。应道明看着它停在窗下,像是一只飞不动的巨鸟,心想,怎么就没人把它偷走呢?昨晚国税宿舍不是丢了一架剑车吗?小偷怎么就不来这边看看!

又是许多天过去,期末考眼看就要到了。梁天华的铃木王依旧在他的胯下,他常常一上完课,就跨上车,呼的一阵风,跑了。应道明常常看着他呼啸而去的背影,心里涌起一种莫名的悲伤和失望。这个城市天天都有人被偷走摩托车,怎么就轮不到梁天华这鸟人的头上?一天夜里,应道明闹肚子,慌慌张张、来来回回跑了五趟厕所。他最后一趟从厕所出来,走到宿舍楼前的时候,一眼看见梁天华的铃木王停在那边,心里怦然一跳。这是怎么了,他也不明白。

铃木王在月光里静静的,闪着一种迷人的光泽。应道明看呆了,他想,怎么就没人把它偷走呢?

校园里寂静无声,仿佛一切都已沉睡。应道明向梁天华的宿舍看了看(黑乎乎一片,真奇怪),向四周看了看(没人,连个人影都没有),他蹑手蹑脚向铃木王走去,心跳越来越紧,但是随着靠近铃木王,心跳渐渐恢复正常……

第二天一早,梁天华发现他的铃木王不知去向。

绰 号

肖鸿立董事长……

肖先生……

鸿立公……

耳两边都是又熟悉又陌生的乡音。就是这根羽毛一样软软而有质感的乡音，多少次撩拨得他坐立不安、寝食不思，恨不得立即生出翅膀飞回来。现在，他总算是回来了。

祖坟扫过了，乡亲们见过了，捐资修一条村路的事谈过了，久违的故乡小吃狠狠地吃过了……当年他随父亲漂洋过海的时候，还是个少不更事的少年，如今两鬓斑白。五十多年的乡愁像个饥饿的婴儿，一直找不到母亲的乳房，而现在一头扎入故乡母亲的怀里，该是心满意足了吧？

他准备明天走。

对于这次行程，他是满意的。只是当他独自坐在桌前，用手卷一根故乡的烤烟，那烟雾一圈圈散开，浓浓的烟味飘满心间时，他总感到有些失去的东西是寻不回来了。到底是什么东西？他说不上来。一种失落感在心里潜滋暗长。

他准备明天就走。

乡亲们杀鸡宰鸭，杀猪宰羊，在祖堂里办酒席，热热闹闹地欢送他。

县侨联、统战部来了代表，他们举杯说：祝肖先生……

他听得清楚，是"肖先生"。

县外贸公司的代表举杯说:祝肖鸿立董事长……

他感到有些刺耳，是不是四周戏闹的小孩噪声太大呢？似乎不是。

村主任举杯说:祝鸿立公……

你叫我什么？他问。

鸿立公。祝鸿立公……

他手上的酒杯震晃了一下。有两个玩捉迷藏的小孩从桌下钻了过去，但似乎并没有碰到他的腿。

祝肖鸿立董事长……

祝肖先生……

祝鸿立公……

举杯。举杯。举杯。

所有的人都举起酒杯，谦和地、敬重地、恭维地看着他，等待他说出那类感人的话来。

他说不出来。他举着酒杯的手微微在抖。他忽然明白，离乡出国五十多年了，同乡亲们其实有了一种隔阂，他仅仅是回来做客的，虽然亲情浓烈，但已经兑入了其他元素。

祝鸿立公……

祝肖先生……

祝肖鸿立董事长……

他说不出话，举着酒杯的手微微在抖。

四周那么寂静。

这时候，那伙凑热闹的小孩里边有个尖尖的声音叫道:

看！他是十一指佬！

酒席上的人全部愣了一下。村主任虎起脸，朝小孩走去，说看我不撕了你们的臭嘴!

慢,慢。他连忙说。

他把村主任拦回席上。他的呼吸骤然加快许多,那喉结一起一落的。他拿酒杯的手微微在抖,他这只手多长了一个指头,六个指头一个一个都似乎在抖动。他明白了他心底失落的是什么东西。

孩子们吓跑了,大人们一脸尴尬着。

以前,乡亲们都叫我"十一指佬",他深情地说。我出外多年,再也没有人这样叫我,每当我想起故乡,总在幻觉中听到有人这样叫我。这次我回来,你们左一口鸿立公,右一口肖先生,还有什么董事长,你们是把我当客人啊!

大家眼睛大大的,怔住了。

刚才听到小孩叫我"十一指佬",我心里真舒服,真痛快。他说完,举杯一饮而尽。

大家看到他眼前晃颤着泪花。

反　抗

他到医院做了个小手术,10 天后出院回到家里。

手术很成功,他感觉到整个身体状态又恢复到 10 年前的水平,全身上下充满活力。他想,明天就可以上班了。

这时,他眼皮一阵发痒,便抬手擦了擦。突然,眼前一片特别的明亮,好像有一束光照射过来。他想,这是怎么啦?就在这时,他看见了自己！他看见自己走进办公室，刚刚坐下，冯局长来了，于是起身和他握手，热烈地握手。罗副、肖副、江副也来了，他一一同他们握手，对他们的关怀表示感谢。他甚至听到了自己的声音：谢谢领导关心，我一定加倍努力工作。

这"声音"是无声的，但是他分分明明、真真切切听见了。他想，这是怎么啦？

他知道这是怎么啦，他能够看见未来，事情就是这样蹊跷，这样神奇！他兴奋，将信将疑，忐忑不安。

第二天上班，事情果然如他昨天看见的一模一样。他走进办公室，刚刚坐下，冯局长来了，于是起身和他握手，热烈地握手。接着，罗副、肖副、江副来了……

因为一次手术，他意外地获得一种特异功能。这真是无法解释的事情。这天，他又看见自己在办公桌前审阅下面送上来的各种申请报告，人事科长领来一个新分配来的大学生，那戴眼镜的小伙子恭敬地叫了他一声邹科长……

他看见自己第 15 天那天拒绝了一名包工头的一个红包……

他看见自己两年后的今天到医院拔牙……

他看见自己 5 年后还是科长，那个人事科长提了局长，拍着他的肩膀说老邹，老同志了，不容易不容易……

他看见自己 6 年后的一天又一次住了院，在病床上辗转反侧……

他看见 7 年后的一天，儿子失业回到家里，怒气冲冲地说当初叫你给我换个单位，你不肯出面，现在好了，我去抢银行算了！

他看见 10 年后的一天，今年分配来的大学生当了局长，打电话叫他到他办公室一趟，然后打着官腔说，老邹，老同志了，这个上面有个文件，你写个退休报告吧……

他看见自己退休之后，提着一只菜篮子出现在菜市场，脚步蹒跚，神情忧郁……

他看见在自己的追悼会上，工会主席念完悼词下来，暗地里与女秘书挤眉弄眼，脉脉传情……

未来历历在目，他不想看了，紧紧地闭上眼睛，"未来"便消失了。原先不免常常冒出这么一个念头：明天会怎么样？然后努力把今天过得充实一些、愉快一些，现在，几天后、几年后、十几年后甚至死后的事情全都看得一清二楚，他反倒觉得无聊、无趣、可怜、可怕。他想，我现在都知道未来会怎么样了，我现在活着还有什么意义呢？

他陷入了痛苦。

一番痛苦的思索之后，他有了一种反抗的念头：我不信，未来就那样一套程序似的设定完毕，未来难道不可改变吗？

他要反抗。

于是，他一反常态，无所谓地收下一个承包商送来的红包。他开始忙起来了，约下属单位的头儿一起钓鱼、桑拿，给局长拜年，给分管副市长拜年。分管副书记的儿子结婚，他送了一部仿古摩托车和一万元当贺礼。三年后，他提升局长……

他心里笑了，充满一种挑战者勇于夺冠的骄傲。原来未来是可以改变的。他笑了。

他很骄傲地笑了。

可是不久，他的事情败露了，因为受贿罪和贪污罪锒铛入狱。在监狱里，他终于想明白了，未来并非一成不变，未来的命运其实就掌握在自己现在的手里……

他明白得有些迟了。

命运敲门声

1

房门上响起持久、顽固的声音,看来我要是不开门,可能三天三夜也不肯停下来。

我只好搁下手中的笔,走过去把门打开,心情一下子变得很坏。

又是他!一个名叫简进的狂热级文学青年。

都怪一个亲戚多事,把他介绍给我,这些天他几乎天天上门,要我指点他那狗屁不通文章。昨天我不得不硬着头皮对他一篇所谓呕心沥血的新作提了几点意见。

"邹老师,我遵照您的意见修改好了,"简进谦恭地双手呈上一沓稿纸,"请邹老师……"

我想发火,但最终还是克制住了。从他手上拿过稿子,我淡淡地说:"我帮你推荐出去,你就在家里等着消息吧。"

"谢谢,"简进接连点头哈腰,"太谢谢了,邹老师,真是太感谢了……"

简进走后,我再也没有情绪继续写作,心想,这家伙想发表想疯了,天天上门骚扰,这可如何是好?我忽然想到去年有篇旧稿,自己不大满意,一直没有寄出去,干脆……我找出旧稿,署上简进的名字和地址,给一家熟悉的报纸寄去。

大概半个月后，简进来了，看样子他激动得面孔都有些变形，手颤抖了许久才从口袋里掏出一张报纸。我一看，正是我署上他名字的那篇稿子。

"邹老师，您帮我修改的文章终于……终于发表了……"他的声音激动得哆嗦。

"很好嘛，这是第一步，希望你不要骄傲，继续努力啊，不要荒废了时间啊。"我煞有介事地教导他。

"是，是，是。"

从此，我很长一段时间没有看到他，也许他上门找过我，但我不在，总之，我渐渐把他忘了。大概是四年之后，我到一位亲戚家闲坐。他忽然问我，你还记得简进吗？我摇头。他说，就是那个我介绍他去找你的文学青年啊。我一下就想起来了。他叹道，一个好好的人迷恋什么写作，现在疯了，我们活活把他害了！原来，简进在发表"处女作"的巨大精神动力之下，没日没夜地写，最后连班也不上了，被单位除名，但他仍旧一个劲地写啊写……可是再也没有发表一个字，他就疯了……

我听得胆战心惊，忽然觉得自己是个罪魁祸首。

2

房门上响起持久、顽固的声音。看来我要是不开门，可能三天三夜也不肯停下来。

我只好搁下手中的笔，走过去把门打开，心情一下子变得很坏。

又是他！一个名叫简进的狂热级文学青年。

都怪一位亲戚多事，把他介绍给我，这些天他几乎天天上门，要我指点他那狗屁不通的文章。昨天我不得不硬着头皮对他一篇所谓呕心沥血的新作提了几点意见。

"邹老师,我遵照您的意见修改……"简进谦恭地说。

"行了,我不用看了,"不知怎么,我忽然克制不住自己,粗暴地打断他说,"你根本不是搞文学的料,修改一百遍也没用!"

简进一脸窘迫。

"我劝你别白费劲了,把时间和精力拿去搞点别的东西,现在改革开放,干什么不行,偏偏要在这棵文学树上吊死……"

我正口若悬河,忽然发现简进不见了。不知他什么时候偷偷跑了,他一定受不了我的尖刻——管他呢,我继续写我的。

大概是四年之后,我有一天上街取汇款。忽然一辆轿车"嘎"地在我身边停住,我吓了一跳。车窗里探出一张熟悉而又陌生的面孔:"邹老师,你忘记我啦?"原来是简进!他下了车,热烈地握起我的双手:"邹老师,你真是我的再生父母啊,我真不知如何报答你!"我懵头懵脑的。"我当初痴迷着文学,是你一番话让我迷途知返啊,我真不知道如何感激你!"

原来,简进被我批了一通之后,丢掉文学转身扑通跳入"商海"里,现在有了公司,有了车,连别墅也有了。不久,简进诚心诚意拿了数万元,帮我出了一套文集。我以恩人自居,觉得理所当然,但心里不免酸溜溜的。

3

房门上响起持久、顽固的声音,看来我要是不开门,可能三天三夜也不肯停下来。

会不会是他?好吧,我就是不开门,看你的耐性有多好!

大概十五分钟之后,敲门声渐渐弱下去,像一朵云飘散了……

竞选班长

9月8日，星期五

今天，钱老师在班上正式宣布，为了锻炼同学们"参政议政"的能力和适应将来社会的需要，班级里的干部制度将做重大改革，实行班长竞选上岗。听到这个消息，我感到很兴奋。我当了一年多的副班长了，这回是个好机会，一定不能错过。

9月9日，星期六

今天一大早，我起床想打电话，但是电话已经给老爸占了，他接连不断地打，好像是在说什么了不起的事情。我突然想，我应该请他给我们班主任钱老师和年段长陈老师打个电话。趁老爸搁下电话翻电话本的空当，我走进房间，告诉他："爸爸，我要竞选班长，你能不能帮我打几个……"话没说完，老爸就挥挥手让我出去。我很奇怪，老爸是怎么啦？我百思不得其解，只好去问老妈。老妈说："这些天别烦你爸，你爸当了两届副县长，想换个正的当当，本来嘛，只在上头提名人大通过就行了，这次却搞了个竞选上岗，你爸要多费好多精力啊，你千万别去影响他。"

我一听，心里乐了。原来老爸和我一样，也想换个正的当当。好吧，我们来比赛，看看最后谁能成功！

中午，请肖海亮、邵明、陈东东、王和力、简远山五人在珍珠快餐店吃饭，花了48元。送走他们，独自在商店里买了150元的东西，给钱老师送去，可是他不在家，他爱人收下了。

9月10日,星期日

上午到了年段长家,给他儿子送了一个百变金刚,他对我说了许多鼓励的话。

中午,肖海亮几个人来,为我出谋划策,陈东东还为我起草一篇竞选宣言。下午三点,为感谢大家,请大家到公园酒吧边喝饮料边聊天,一共花了40元。回家清点一下"小金库",发现钱不多了,当即向老妈要了300元。关键时刻,该花多少钱就要花多少钱,决不能怕花钱。

9月11日,星期一

下午班会课,大家投票提名班长人选,共有四人入选,但谁都看得出来,我和现任班长孙晶晶是最有力的竞争对手,我们的得票都是18票。

和老妈一起吃晚饭时,听她说老爸获得了正式提名,过两天要在人大会上做演讲,宣布施政纲领,由人大代表当场打分和提问,如果没什么意外就通过了。她让我省着点花钱,这次老爸把家里几本存折上的钱都花光了,还不知什么时候能赚回来呢。老妈还要我在外面别乱说话,她以为我是小孩啊?嘿,真是的!

9月12日,星期二

孙晶晶老爸是教育局长,听说快要退休了,而我老爸快要当上县长了,在这一点上,她明显不如我有优势。课间操在小卖部里,肖海亮还给我出了个主意,说他要给钱老师写一封匿名信,反映孙晶晶和高中部一名男生早恋的问题。我说,你要写,那就快点写吧。

有人给老爸送了一条中华烟,晚上我到钱老师家,正好派上用场。

9月13日,星期三

中午,肖海亮带了郑小新、黄志敏、林坚等人到家里来,他们原来都是投孙晶晶票的,现在决定在正式投票时转为支持我。拿了一百块给肖海亮,让他晚上请他们到街上吃冷饮。

晚上到陈老师家,从家里带了一瓶茅台酒,以老爸的名义送他。

9月14日,星期四

下午第三节课,正式举行竞选班长活动,钱老师主持,陈老师特地来参加。我和孙晶晶发表了竞选演说,两位老师都给了我很高的评价,比孙晶晶要高得多。接着,同学们投票,结果我得了35票,孙晶晶只得了15票。我竞选成功啦!

晚上请肖海亮、陈东东等主要人员在明媚饭店吃饭,庆祝我的竞选成功,一共花了290元。回到家里,发现家里客人很多,原来老爸今天下午已顺利当上了县长,他们都是来向老爸表示祝贺的。

贺年片

"什么?你说什么?"简志祥的父亲的眼睛骤然瞪大起来。

这是简志祥没想到的。父亲教了三十多年的书,前几年因为青光眼退休了。在简志祥看来,父亲一直郁郁寡欢,教书这一职业似乎并没有给他带来什么,今日为何一听说儿子要弃教从商就反应如此强烈呢?

"你说什么?你再说一遍!"父亲叫道。

简志祥干脆一声不吭,任由父亲痛心疾首、义正词严、语重心长地教训起来。

"当教师怎么啦？清贫是清贫一些,可是为社会传播知识、传播文明,还有什么比这更高尚？人活在世,要追求有价值的东西。钱固然好用,可是你想想,每逢过年过节,你教过的学生们纷纷给你寄来贺年片,这是钱能买得到的吗？这不是最大的精神享受吗？……"

"嘿嘿……"听到这里,简志祥忍不住偷偷地笑了几声。

简天放老师到底教过多少学生,他也说不上来。那三十多年似乎只是一眨眼工夫,而头发被粉笔灰染白了,背也站驼成一弯弓。他兢兢业业,充满一种职业自豪感。虽然"文革"中落难了几年,很惨的,但这之后又扬眉吐气起来,多少也风光了一阵子。只是这几年来,世道似乎走了样,当教师的,忽然一摸自己的脸颊,原来瘦得这么厉害,脸上的光彩哪里去了？连摆摊的小贩子也常常在光天化日之下不屑地高贵地撇嘴说:"哼,那些教书的!"简天放老师不免暗暗叹息和悲哀,然而,他不悔当初的职业选择,也不悔讨了一个当民办教师始终没转正的老婆(现在不在人间了),也不悔把两个儿子分别送进师大和师范(现在大儿子留在省城教书)。是啊,当教师是要穷困得多,可是你有别人无法得到的乐趣,这不就令人欣慰和满足吗？

简老师每每就想起那些贺年片。

这是去年和今年教师节、元旦期间,他的学生们从全国各地寄来的。虽然以前也曾收到过一张两张,但去年元旦那天,一下子便涌来十多张,把他感动得着实不得了,眼眶湿了好久。

"阿样,阿祥!"他声音颤颤地叫,"快来念给我听听!"

他的眼睛很不好使了,自然需要儿子代劳。儿子从内屋走出来,笑笑说:"爸,你前不久还不是在叹息说,教书累得半死,学生一个个都把你忘了?"

"唉,现在不是来了这么多? 快念念。"简天放兴奋地说。

这些贺年片内容大同小异,祝老师新年愉快,祝老师身体安康,祝老师退休生活充实,云云,最后还有署名,您的学生×××,您也许已经不记得的学生×××。对于这些姓名,简天放确实很难把它们与某个具体的人一一联系起来,但教师记不得学生而学生还记得教师,这也是正常的情况。他一边听着儿子念贺年片,一边哆哆嗦嗦地说不出话来。

简天放一想起这些贺年片,心里头就热乎乎的。是啊,你是万元户,可是会有这么多人挂记着你、感激着你吗?简天放感到头上又有了一圈光环。如果说他以前不免常常叹息和悲哀,那么这之后,他有的是强大的心理优势,走过街上小贩的面前,背虽是驼的,头却高高昂着。

"你笑什么?"父亲斥责道。

简志祥看见父亲满脸肃穆,忍住笑,不说话。

"别胡思乱想,安安心心地把书教下去,有一天你就会明白,你得到的东西是无法估量的,比如,你看,我从去年开始,收到那么多贺年片……"

"贺年片,哼哼……反正,我要去。人家帮我联系好了一份工作,我说什么也要去。"

"你!"

简志祥看见父亲的几根手指头向自己直颤过来,他没想到父亲会如此强烈地反对自己。这几年来,商品大潮骤起,锐不可当地冲击着人们的价值观念,那么多人在"跳槽",那么多人在狠狠地挣钱!偌大的校园似乎已放不下一张平静的书桌,简陋的教室如何抑止教师的叹息呢? 看来,我给父亲太多的"乐趣"、太多的

"精神享受"、太多的"心理优势"了,无形中却是给自己设置了一个障碍。必须让父亲明白,我现在不走,春节过后一定要走,也一定走得了。在简志祥心里,一个残酷的计划已经酝酿成熟。

"算了,我暂时不打算走了。"简志祥说,他做出顺从的样子,走回房间。

"这就对了,你看那些贺年片……"父亲自语着。

铺开信纸,简志样奋笔疾书,给他远在省城教大学的哥哥写信。

哥:春节快到了,你是否打算回家?告诉你,不要再给爸寄贺年片了,一张也不要寄,这样他就不会再有巨大的精神优越感,反对我的态度必定有所改变,我便可三十六计走为上计……

冰　棒

把斗笠压低,压低。

再压低,就挡眼了。占大庆只好往上顶一点。

遍地是闪晃晃的水光。该死的台风雨,也不招呼声,说来就来,一来就两天,把天气下凉了,把人下凉了,这天气还有人要啃冰棒吗?本来,今天是不准备卖冰棒的,但是听到老婆在床上被病痛折磨而发出的呻吟,突然有点儿烦,就出来了。也许今天天气转热,也许就我这么一摊,生意会很好的。占大庆到冰棒厂一问,今天生产不多,只有他一个人上门。他眼光灿烂了一下。

"叮咚叮咚……叮咚……"

占大庆一手握车把,一手扶住车架上的冰棒箱,同时摇响铃铛。他把眼光放在车前轮上,一步一步推着车走。冰棒箱沉沉的,到现在还没有卖出去一根,这鸟天气!

"叮咚叮咚……叮咚……"

第一次上街的情形,简直像是走向刑场,现在当然要坦然多了。这有什么呢?暑假里做点小本生意有什么呢?不就是需要钱吗?不就是需要挣点钱吗?

"叮咚叮咚……叮咚……"

铃铛声慢慢地变成了老婆的呻吟声,占大庆心里顿起一股温情和悲伤。唉,可怜的女人,跟了我这么一个教书的……

突然,占大庆一脚踩进积水里,泥水溅满裤管,真叫人难堪,好在街上并没有什么人注意他。前边是一家制茶厂的旁门,他赶忙把车子推过去。

架起车子,在比较干净的一摊积水里洗洗脚,叹一口气,重重地叹一口气。

这鸟天气!

占大庆呆呆地站着,全然没有讲台上的风采。物质决定意识,实在是这么一回事。

"喂!"

占大庆一愣,他没弄明白面前怎么突然走来一个面生的小伙子,而且手上提着一只塑料桶。

"你的冰棒,全买了。"小伙子说。

"我全买了。"小伙子又说。

"唔,唔……"占大庆缓过神来双手哆哆嗦嗦的,从车架上搬下冰棒箱。

五十根,一下就销出去了,真是!占大庆心里一阵阵激动。

第二天,占大庆又来到这个地方。那个小伙子又提着塑料桶出来了,把全部冰棒买去。占大庆满怀感激地目送着他走进茶厂。一连几天,都是同样的情况。他们之间仿佛有了某种默契,占大庆一架好车子,小伙子就来了。

占大庆一方面庆幸碰上大主顾,一方面又感到疑惑不解。有一天,他忍不住问道:"你们茶厂……用这个解渴?"

"不是。"小伙子说。

占大庆更加疑惑不解了,但东西卖得出去,仍然是高兴的,他说:"真不好意思,一根少算两分钱吧?"

"不用。"小伙子说,递上钱。

占大庆不接。教书匠的脾气来了,他说:"你要回答我,你天天买这么多冰棒做什么用?"

"我们厂长叫我买的,我怎么知道做什么用?"

"你们厂长?"

"拿去吧。"小伙子把钱放在冰棒箱上,走了。

"哎!哎!"占大庆赶上去,"你们厂长叫什么名字?"

"王长生。"

"王长生?"占大庆实在想不起这个"王长生"和他有什么关系。

回到家里,占大庆给老婆沏了一杯茶,送到她手上。

老婆今天气色很好,她说:"看来这些天你生意不错。"

"是不错,"占大庆若有所思地说,"有件事很怪的,那个茶厂的厂长天天叫人来买一箱的冰棒。"

"茶厂的厂长?他不就是你的学生吗?"

"什么?你说什么?"占大庆惊讶极了。

"不就是那个叫……王,王长生的吗?"

"王——长——生！他也会办厂？王长生——"

占大庆终于想起来了。这个王长生，占大庆不这样叫他，而叫他"小摊货"。

大约十年前，是有过那么一个学生，成天游游荡荡，上课打瞌睡，考试作弊，实在不是一个好学生。唉，你这个"小摊货"，不好好念书，你长大要干什么？占大庆一看到他就痛心疾首起来。你呀你，长大就是卖冰棒的料子！

卖冰棒！卖冰棒！卖冰棒！

占大庆忍不住苦笑了几声。

钱教导

钱教导和"土楼乡中学"的牌子站在一起。今天他值日，他专门守在这里等着抓迟到的学生。

校牌很旧了，钱教导的衣着也旧了，甚至他的脸色也显得生锈般的陈旧。这样看起来，他和校牌站在一起，便很协调。

上课铃响了好久。有个学生胸前晃荡着书包，不慌不忙地走来，等他近了，钱教导猛地叫道："又是你，富贵！"

每次值日，不是抓到他迟到，就是抓到他早退，钱教导格外有印象，一直记得他就是初二(3)班的肖富贵。

肖富贵听到喊声，愣了一下。

"你迟到几次了？我要通知你家长。"钱教导说。"我老爸正想叫我学杀猪……"肖富贵嘟哝了一句。

"你放学后到教导处来找我，"钱教导说，"现在快去上课！"

"那，"肖富贵说，"我不上课了……"

"不行！"钱教导伸出一只手想要抓他，却抓了一个空。

肖富贵已经远远地跑了，嘴里嚷着："我要去学杀猪！杀猪……"

钱教导把这事告诉了班主任。班主任傍晚去家访，回来时直摇头，说没办法。钱教导想，怎能想做生意就做生意呢？他准备亲自去家访一趟，但后来不知因为什么事，到底没有去，也就淡忘了。

这几天，老婆生病卧床，女儿不在身边，钱教导只好提起篮子去买菜。结婚20多年来，钱教导极少上市场买菜。他先买了几斤已过时令的便宜菜，然后朝肉铺走去。

肉铺的屠户大都知道他是中学里的钱教导，纷纷亮出响喉：

"来！来！钱教导！"

"我这还有三层肉，又肥又便宜！"

"钱教导这边来！"

这里头有个稚嫩的吆喝显得很尖细，钱教导就停在他面前。正是那个肖富贵，脸上、衣服上四处泛动着猪油的光彩。

"钱教导，你要买什么？"肖富贵非常老练地说。

"这个，"钱教导手指了指，觉得舌头有些生涩，"你多久没念、念……"

"钱教导，你爱吃三层肉啊？这太肥了，现在只有乡下人才买。给你条肉，算作三层肉的价好了。"肖富贵更加老练地说。

"好，好，好……"钱教导说，"生意还好吧？"

"还好，一个月能挣八九百块。"肖富贵称着肉说。

钱教导惊讶地叫道："哇，这是我两个月的工资啦……"

肖富贵笑笑,兴奋地在脸上抹了一把,使脸显得更加光彩焕发。

钱教导心里叹了一声,把肉放入篮子,转过身走了。忽然身后传来一声猛喝:"钱教导!"钱教导吓了一跳,手上的篮子差点掉到地上。他听见肖富贵的声音像雷声一样滚过全市场:"钱教导! 你还没交钱!"

报　恩

满头白发,风一吹,似乎有粉笔灰从头上纷纷扬扬地飘下来。这便是三十八年教学生涯给予庄校长的纪念。

教育救国。这是他祖父一生追求的目标,经由父亲、自己直至儿子,一家四代人一共教了一百多年的书。然而,这一绵绵不息的教龄已经到了尽头。因为,孙子公然宣称,即便落榜回家,也决不填报师范院校。

乍听之下,他并不惊讶,更没有给孙子一番开导、一顿训斥,只是讷讷的,心头有一种沉甸甸的压迫感。

夕阳西下,门前的小院子搬走了日影,显得阴凉了一些。庄校长刚刚取出茶具,便有邮差喊道:"庄校长,来汇款啦,盖章!"

庄校长偶尔也给报纸投些杂谈、随感之类的稿,偶尔也能收到汇款,所以他拿过单子,一点也不在意,直到邮差走了,才认真一看。他立即惊呆了。

这是一张票额一万元的汇款! 汇款人地址是:深圳鲍恩公

司,姓名是鲍恩。附言上写着:十多年前您替我代交了十元学费,使我没有辍学回家,今天我事业小成,这一万元仅仅是回报滴水之恩的一泓小泉。

替学生代交学费的事情,多得庄校长自己也记不清了。这"鲍恩"自然是化名,因为学生里头从来只有庄、张、肖三姓,到底是哪个呢? 庄校长怎么也想不起来。不管怎样,这汇款明天给它退回去。但是,庄校长想,今天晚上可以拿着它找孙子谈一次话。

晚饭时分,孙子回来了,劈头就问:"爷爷,你还记得庄天得吗?"

"怎不记得? 十年前,他在学校里当代课教师,吊儿郎当的。教绩全县倒数第一,被我赶了出去,听说跑到外地做生意去了……"

"是啊,如今人家可是发啦!"

"发了? ……"

"是啊,在县城投资了两家工厂,还在厦门入股了六家公司,总资产超过一百九十万元。"

"果真? ……他到底……"

"你以为人家是走黑道发的财呀?告诉你,人家还是省人大代表、市政协常委呢! 喏,这里有他的介绍。"孙子说着,随手递给一本杂志。

杂志的封底有庄天得及其工厂的彩照和简介。庄校长看了看,说不出话来。

"他刚刚从城里回来,说等下要来看你。"孙子说。

看我? 庄校长心里暗暗地、不由自主地产生了莫名的惶恐。

不一会儿,庄天得把轿车开到了庄校长的小院子前。十年前代课教师的穷酸模样一扫而去,变成一身名牌,透出不凡的气度。

"庄校长,我早就应该回来看您啦!"庄天得朗声地说。

庄校长觉得这话里有刺,忙说:"天得,十年前,我可能过分了一点……"

"哪里哪里! 庄校长,我太感谢您啦! 要不是您把我赶走,我继续代课下去,即使现在转为公办教师,又怎样? 如果没有您,就没有我庄天得的今天啊!"庄天得真挚地、诚恳地发出肺腑之言。

庄校长一时有些愣怔。

"庄校长,我真不知怎么报答您的大恩大德! 十万、二十万都不能表达我的心意! 我决定向学校捐赠三十万元,造一幢'天得教学楼',同时出资让您孙子到北京商学院深造,一切费用由我承担……"

庄校长觉得脑袋里嗡嗡直响,不知说什么好。

病

晓南生病了。

爸爸对妈妈说:"今天你别去店里了,在家陪陪孩子。"晓南躺在床上,听到这话,高兴得差点笑出声,赶忙扯上被角堵住嘴巴。

晓南太高兴了,这个星期天,妈妈终于留在家里了! 去年年初,爸爸和妈妈辞去厂里的活,自个儿开了一间店,便天天忙得像星球大战一样。每天早晨,晓南睁开眼时,他们已经走了,只在桌上留下一张永远一样的字条：

面包和可乐在冰箱，吃饱了，快去上学！

这叫人多没劲呀！

有一天，学校要在晚上开家长会，晓南放了学便一直坐在门槛上，眼睛不停地往街口张望，他多么盼望爸爸和妈妈早点回来，最好像神仙一样一下子降临在他面前。可是，天黑了，妈妈才提着一只烤鸭，急匆匆赶回来大声地说：

"晓南，你饿坏了吧？妈给你煮面吃！"

"我不饿，我要爸爸去参加家长会。"晓南委屈地忍住眼泪说。

"傻孩子，你爸挣钱要紧，哪有空闲？"妈说。

"挣钱，挣钱，你们就知道挣钱！"晓南连连地跺脚。

妈笑着问："挣钱不好吗？有了钱，就可以给你买好多东西呀！"

"你们一点也不爱我！"晓南愤愤地噘起嘴巴。

"怎不爱你呢？你看，妈又给你买了烤鸭。"

"我不吃！我不吃！"

最后，妈妈为哄晓南吃晚饭，不得不答应了他的条件：下星期天带他去海上乐园玩。可是下星期天过了，下下星期天也过了，爸爸和妈妈都没带他出去，这个"下星期天"要"下"到什么时候呢？爸妈一直忙，不要说带他去玩，连在家陪陪他都做不到！这个星期天，如果不是因为晓南突然半夜生病，妈妈会留下来陪他吗？

这时候，妈妈坐在晓南床边，眼光温温柔柔地看着晓南，这使他心头洋溢着一股暖流。

"吃了药，好些了吗？你要吃什么呢，晓南？"妈妈轻轻地说。

"妈，医生治不好我的'病'。"

"傻孩子,说什么话?"

"真的,不骗你,"晓南坐起身,双手搂住妈妈的脖子,趴在了妈妈的肩上,"妈,我们去海上乐园玩,我的病立即就会好!"

"怎么? 你不是生病?"妈惊讶起来,眼睛大大地盯住晓南,一只手掌放到他额上,摸了很久。

"你没病?!"

"我,我,没病……"

原来,晓南的"病"是装出来的,为此他闭着眼吞下了一把家里常备的苦药片。但现在,这一招被妈妈识破了,那些苦药片白吃了……

"你呀你,哼! 我去店里,不管你了!"

妈妈生气地说完,又把晓南孤零零地抛在家。

晓南孤独地坐在床头,想到爸妈只顾挣钱而不理他,想到自己的"计划"破灭了,越想越伤心。早餐他没吃,中午他也没开冰箱拿东西吃,晚上爸妈回家时,他躺在地板上,浑身发烫,嘴里喃喃说着:"我,我病,我没病……"

这一回,晓南真的病了。不是装的,而是千真万确地病了。

像我的人

我是电视节目主持人,我每天在电视里与马铺市人民见面,我不想成为名人也难啊。马铺市人民亲切地称呼我"小赵忠祥"。说心里话,我不喜欢这个称呼,我就是我,我为什么要当

"赵忠祥"呢？当然我知道，马铺市人民是一片真心实意的，他们认为我在马铺市电视播音界的地位犹如赵忠祥在中国电视播音界的地位一样，是神圣不可侵犯的。如此抬举，尽管我不喜欢，但内心有时还是颇为得意的。

其实，也正是马铺市人民的这一称呼，点燃了我的创意灵感，大家觉得我像赵忠祥——形态有点像，说话时微微驼着背，向前扬着脖子，款款深情的样子，声音就不用说了，真假难辨，恐怕连赵忠祥本人也分别不清。我像赵忠祥，那么你像谁呢？生活中会有多少人长得像名人，或者在某一方面学名人学得惟妙惟肖啊。假如把这些人召集到电视上来，一起做个节目，不是很好玩吗？我把这一想法向台长做了汇报，台长十分感兴趣，于是我们几个主创人员经过三天三夜的精心策划，拿出了创意文案，台长大笔一挥立即就审批了。十天后，一个全新的综艺游戏节目"克隆名人"在我们电视台隆重推出。

令我意想不到的是，在我们马铺市居然有那么多的人长得像名人！首期节目开播前，我们只在电视和电视报上做了两次广告，前来报名的人便像是农村赶集一样，一个接着一个，管大门的老头不知内情，一下看花了眼，诧异地说，怎么这么多名人都拥到我们电视台来啦？

第一期节目我们选定了三男二女，男一号长得像成龙，男二号长得像齐秦（歌也唱得极像），男三号长得像牛群（美中不足的是说话带着马铺口音），女一号长得像赵薇（眼睛比赵薇更大一点点，似乎比赵薇还像赵薇），女二号长得像倪萍。本期节目在马铺市引起了极大的轰动，收视率大幅攀升了五个百分点。

"克隆名人"一夜之间成为我们电视台的金牌强档，广告客户蜂拥而至，每期节目出售现场观众票一百五十张，每票五十元，已经被预订到第二十一期。两个月下来,我们逢周五开办一期节目,一共办了八期节目,推出了三个成龙、三个赵薇、两个刘德华、两个牛群、两个冯巩、一个齐秦、一个倪萍、一个陈佩斯、一个张惠妹、一个王志文、一个姜昆、一个周华健、一个蔡国庆,还有一个张信哲。马铺市人民给我们提出了不少很好的建议,同时,也向我们推荐了许多合适的人选。马铺市的一个分管副市长偶然看到这一节目,还特意给台长打了电话,觉得这一节目"办得很有意思,应该继续办下去,越办越好"。

　　眼下我们正在筹备第九期节目,从十六个报名者中选出了一个周润发、一个舒淇、一个朱时茂,还有一个葛优。不过那个葛优不太理想,因为嘴巴不是很像。但是节目开播日期快到了,没有更好的人选(我们有个不成文规定,每期节目至少克隆四个名人),也只好凑合了。这时,负责接待报名者的小邱带着一个人来到我的办公室,我一看就惊呆了,那人长得和我一模一样!

　　小邱笑笑对我说:"准是你从未见面的孪生兄弟,还不赶快抱头痛哭?"

　　我倒抽了一口气说:"伙计,你长得可真像我啊!"

　　那人也呼了一口气说:"是你长得像我啊。"

　　听到他的声音,我更吃惊了,他居然连说话的声音、语气也像我!

　　这个像我的人在第九期节目上出够了风头。他在节目组的策划下,特意穿上与我一模一样的衣服,一会儿坐在嘉宾席上,一会儿走到台前拿我的话筒主持节目,令现场观众和电视机前的马铺市人民眼花缭乱,分辨不出真假。

　　节目之后,我与这个像我的人交了朋友。他是外地来马铺市打工的,这一阵子正好失业,我便请他在节目组帮帮忙。因为我们两个人长得太像了，大家常常认错人，闹出了不少笑话，想想这生活也真是有意思啊。

有一天，我接到了老家打来的电话，说是老母亲生病住院，前两个月老母亲就住了一次院，我走不开，没回去看她，这次无论如何是要回去一趟了。我立即想到那个像我的人，让他替代我几天，神不知鬼不觉，连假也不用请，这是何等好事啊。我私下叫来那个像我的人，向他交代了一些事，便搭车回老家去了。

回家没几天，老母亲的病居然好了，她不敢多留我，我也牵挂着我的"克隆名人"，便坐车赶回马铺市。谁知路上出了车祸，有人死了，我没死，被送到医院。三天后我就出院了，脸上破了相，留下了两个疤，真令我痛苦，不过想到有人送了命，而我好歹还活着，觉得自己还是幸运的。我住院时告诉过医务人员和警察我的身份，请他们打电话通知电视台来人，可是不知怎么回事，是他们没听明白我的话，还是电视台接到电话抽不出人来看望我，总之，三天里没一个领导和同事来看我。我想，也好，免得暴露了我私自回家的事。

我离开医院，直接回到电视台。我惊讶地发现，电视台里所有的人全都不认识我了。我招呼他们，他们全都用一种陌生的眼光看我，有人就问："你是谁？"真把我问得一愣一愣的，马铺市人民谁不知道我是谁啊？难道他们是联合起来开玩笑？我在廊道上碰到了台长，台长甚至看都不看我一眼。我推开我的办公室门，那个像我的人正坐在我的办公桌后面和小邱说着什么，小邱回头看我一眼说："来报名的是吧？报名在隔壁。"小邱向我走了过来，看着我，像是鉴别着一件物品，说："你是长得有点像，不过……"

我慌忙用手掩住了脸上的伤疤。

邪 树

村南坡地上斜歪歪地长着一棵老杧果树，好像当初栽种时没精心扶正似的。关于这棵杧果树，听老辈人说，这是棵邪树，果子是千万不能吃的。你要是管不住嘴，把它吃进肚子里去，这下好了，第二天睡醒，你摸摸脑壳看，它就长在你额头中间—— 一只像杧果大小的肉果子！

老辈人的话总不会错。

你要是吃错了药，说不信，村里辈分最高的大缠公就会语重心长地告诉你：很早以前，也是有个少年不信老辈人的话，偷偷地摘了只熟果，在吃之前为了保险，拼命搓洗了七八遍，皮也削得很干净，可是吃下去，第二天照样长出一只白果子。照样！

老辈人说的话会有错吗？

只是，家里有十二三岁小孩的一些父母被害苦了，他们成天训诫、提防着小孩偷尝禁果。小孩因为无知而无所畏惧，或许仅仅出于好奇心就敢破忌。这些父母几乎不敢想象，他们建议砍掉树算了，不就是一棵邪树吗？但是以大缠公为首的老辈人并不曾从上一辈人那里听说这树可以砍，也不曾听说不可以砍，他们便一时纠结，商榷了七天七夜，最后搬来历书，看过罗盘，才下了结论说：虽然是邪树，与村庄的风水却有牵涉，不宜砍伐，应让它自生自灭。

年复一年，老杧果树开花、结果、熟透、掉落、腐烂。那么多年来,村里人对此熟视无睹,不为其所诱惑,而一茬茬小孩经过老辈人长期不懈的调教也深明大义,他们娶妻、生子,然后严肃认真且不遗余力地调教出又一代听话的小孩。

时间到了这年秋天。大缠公在城里念书的孙子小放,考大学没考上,灰头灰脑地回到了村里。因为心情烦躁,就爬上了老杜果树。小放看见果子那样饱满诱人,就不相信吃不得,就一口气吃了五只。嘴啃下来的青皮吐在树底下,一簇簇,幽幽地闪晃着青光。

不用说,有人看见了这一幕,立即飞报全村。小放下了树刚进门,大缠公拄着拐杖,颤颤巍巍就迎上来,一手揪住小放的耳朵,怒斥道:"老辈人的话,你都听哪去了?我看你明天长肉果子!"小放只是呀呀地叫痛,不敢争辩。

村里人都说,这下有戏看了,小放这书呆子明天……哼哼!

然而,第二天他们看到小放时,全惊呆了!小放故意用手梳弄了几下头发,又在平坦的额上擦了几下,不屑地撇撇嘴,一副得胜将军的模样。

真是怪了……居然屁事也没有……莫非老辈人的话……这一夜,村里人第一次失眠。

第三天,天蒙蒙亮,小放抓了一只麻袋,将杜果一网打尽,踏起脚踏车载到城里去卖。

那袋杜果卖了多少钱,流传着多种说法。村子吵吵嚷嚷,好像翻了天。那个浑蛋,他怎没长出肉果子,不说是邪树吗?我怎不懂得偷尝一只看看,这下让人全摘光了!我早就想过不可能是什么邪树,只不过没想到它真的不是。村里人很懊悔,很失望,很不平。渐渐地,七嘴八舌集中到了问题的要害:杜果树不是小放家私有的,他怎能摘去卖钱?

小放说:"你们不懂得摘去卖钱,是你们傻。我辛苦半天,卖了钱难道要和你们平分吗?"

村里人说:"树不是你家种的!"

小放说:"谁也不知道是谁种的,没人照管它,谁占了就是谁的!"

这什么话,我们又不是没长手脚!村里人义愤填膺,纷纷爬上树,可是一只果子也找不到。我们受老辈人骗了,这下屁也没有了。这太不公平了。怒气没处发泄,就死劲地摇、踩,枝枝叶叶断落了一地。最后,有个人干脆拿来斧头,狠狠地砍。砰,砰,砰,干你姥的邪树!邪树!我们太老实,都不懂得果子可以吃,可以卖钱。就是呀,太亏了。你们下来吧,这树干我占啦。砰,砰,砰!

大缠公拄着拐杖赶来时,老杧果树已被砍倒在地。大缠公满脸惨白,哑声叹道:"造反了,造反了,都不听老辈人的话……"

小放看到树被砍倒,他冷冷地笑了一笑。过了一天他就进城去找工作了。

对牛谈话

牛坑乡搞了一个"牛文化节",县领导和一些科局领导作为特邀嘉宾驱车前往指导和助兴。三十几部小车在肖书记大奔驰的率领下,排成了一条浩浩荡荡的"长龙",当这条"长龙"缓缓驶进设在中学操场的文化节大会场时,全场的眼光唰地都亮了起来——连牛眼也亮了。尽管这些牛都是百里挑一选出来当文化节"明星"的,毕竟也没见过多大世面。

开幕式热热闹闹搞了一个上午。中午,领导们到乡里最好的酒家吃"牛卵全席",一直吃到下午四点多钟,大家酒酣"卵"饱,十分满意,对"牛文化节"留下了美好印象。肖书记和许县长合计了一下,觉得这穷乡晚上也没什么好玩的节目,就决定打道回府。

小车长龙顺顺当当跑了七八里路。突然,领头的大奔驰"嘎"的一声停住,后面的凌志、皇冠、奥迪、蓝鸟、桑塔纳……也纷纷紧急刹车。坐在大奔驰里面的肖书记一路上迷迷糊糊打着瞌睡,突然震醒过来,忙问司机:"怎么搞的?"后面的车也有人摇下车窗,问道:"怎么回事?"

原来,公路上横卧着一头大水牛,差不多占了四分之三的公路。别说小轿车,就是木板车也无法通过。肖书记的司机小卢摁了几下喇叭,毫无效果,不得不走下车。他骂骂咧咧的,用脚踢了几下牛屁股。可是,这位"牛先生"奔拉着耳朵,看也不看小卢一眼,好像懒得理睬。

这时,肖书记走下了车,许县长、人大罗主任、政协李主席、组织部曾部长、宣传部王部长、公安局林局长等也走下了车。他们并不像小卢那样显得急急躁躁,正好趁此机会伸个懒腰,或者打个呵欠,或者躲到背人处方便一下。小卢指着肖书记对牛说:"这是我们肖书记你知不知道? 还不快快让路!"

公路下的田地里有个四十多岁的农民在干活,他抬头说道:"肖书记是管人的,又管不了畜生。"

肖书记想想也是,比着手势对农民说:"你上来,把牛拉走!"

"又不是我家的牛。"农民撇了一下嘴,扛起锄头,往田埂上溜了。

肖书记心里很生气,竟然连人也管不住了,却又不便发作,只好喊了两声:"谁家的牛?谁家的牛?"可是公路两边的田地里再也没有别的人,村庄在三四公里的山坳里,谁也听不到他的喊话。

小卢气呼呼地说:"干脆,把车压过去算了。"肖书记说:"不行,这么大的牛,又不是小鸡小狗,万一它顶起来,不把你的车顶翻才怪。"许县长走了过来,说:"我来试试。"他走到牛前面,从西装口袋里掏出一张烫金塑封名片,拿到牛眼前晃了晃,然后定定拿住,说:"你看看,我是许县长,保证不会假冒,保证不是伪劣产品,你给我们让路吧。"

牛好像眨了一下眼,鼻子里响了一声。小卢说:"畜生又不是人,才不信这一套。"许县长收起名片,叹了一声说:"我这是幽默,看来畜生真不是人。"

这时,人大罗主任走上来,对牛吆喝着说:"喂喂,你这是闹什么情绪?你虽然是畜生,也该讲讲法纪嘛,有个《公路法》你学没学过?"小卢笑了笑说:"老罗,你这'人大主任'哄哄老百姓还差不多,这么大一头牛你就省省心吧。"罗主任哼了一声,不知是对小卢还是对牛生气,转身走开。肖书记转头看见了政协李主席,说:"老李,你小时不是放过牛吗?来试试吧。"李主席连忙摆手说:"我这政协能管用吗?还是让宣传部王部长来给它做做思想工作吧!"小卢接上话茬说:"让王部长做思想工作,还不如让组织部曾部长给它封个官。"许县长走到小卢身边,拍着他的肩膀说:"小卢,你今天变得很幽默啊。"小卢嘿嘿笑着,表情丰富极了。

"来来来,老林过来试试!"肖书记高声说道。公安局林局长应声走了过来,他高大魁梧,孔武有力,走起路来好像连公路都会震颤。"喂!"林局长喝了一声,抬脚就往牛肚子踢去,"让不让开?!"

牛并不怕公安局长,悠然地曲起一只后脚在肚子上搔着痒。林局长觉得权威受到了挑战,眼珠子鼓得像牛眼似的,猛地从腰间拔出手枪,说:"让不让开?! 喊三声还不让开,我就一枪毙了你!"

肖书记大概觉得林局长过火了,忙对他说:"老林,这是畜生,同它玩玩,你怎么来真的?"林局长说:"在城里,哪个发廊老板,哪个小流氓、小地痞看到我不浑身哆嗦,拔腿就跑? 看来,这畜生真不是人。"他悻悻地退到了一边。

天色一点一点暗下来了,肖书记看看天,觉得不能再"玩"下去了,对小卢说:"你到村里喊几个人,来把牛赶走。"小卢看着山坳里的村庄,几座矮房在暮气里隐隐约约的,他懒得走,忽然心生一计,说:"叫牛记者来试试,也许他有办法。"他动作神速地跑到后面的一辆奥迪车边,把正在倚车发呆的牛记者拉了过来。

牛记者是县报里的记者,有"牛诸葛"的美誉,这次随领导们到牛坑乡采访"牛文化节"。牛记者听了小卢报火警似的简要介绍,随同小卢走到横卧的水牛前面,拿下眼镜,吹了吹镜片,用一种谈心兼谈判的口吻说:"牛本家啊,你是怎么回事? 你没参加文化节不高兴吗? 那我照样可以写你啊,说你是牛坑乡的牛中劳模,牛中英杰,说你身上体现着牛文化的精华,你看行吗? 我至少给你写三百字,分文不收!"

牛哞哞地应着,忽然竖起耳朵,霍地一下子站起身来。肖书记、小卢等人不由惊呼一声,真是神了,这牛到底听懂了人话! 肖书记赞赏地说:"牛记者,你到底是牛本家啊。"

"你们不知道,"牛记者见多识广地说,"这年头,连畜生也喜欢听好话受表扬上报纸哩。"

大家一时没心思琢磨牛记者的话，见牛让开了路，一个个急匆匆爬进车里。

秀水婆

圩尾街的秀水婆原先是很会说话也很爱说话的，看见一只鸡走过也能说七八句话。她出现在哪里，就把话带到哪里，好像一只饶舌而欢快的麻雀。可是三年前她丈夫病故之后，她的话就渐渐少了，好像秋寒里的树叶一片片掉落。后来，她到聋哑学校当了校工，话更少了，甚至不再说话了，好像这辈子该说的话都说完了。有一天，她忽然回到圩尾街，和人打招呼也没有说一句话，只是打着手语。她手上拿着一叠冥纸，朝山那边比了比，大家终于明白她是专程回来给亡夫烧纸钱的。有人对她说，你儿子当局长啦，你怎么不跟着他享福？她浅浅一笑，没说什么。

她又回到了聋哑学校。除了丈夫的忌日和清明节，她都不出校门一步。每天天刚蒙蒙亮，她便走出那间栖身的小屋，给住宿的聋哑学生烧水做饭。米在锅里沸腾着，她提了扫把，开始清扫校园甬道。扫完回来，饭也正好煮熟。聋哑学生来了，她一手收取他们的餐票，一手给他们舀一勺稀饭挟两块豆腐干或者萝卜条。学生们排着队，井然有序，不吭一声，她也同样不用说话。这一切无声而默契，好像一部经典的电影默片。

卖完早饭，她把剩余不多的饭吃了，然后给校长室、办公室送去开水，把那里的桌椅细细擦过一遍，把地细细扫过一遍。学校出纳兼食堂总务把当天的菜买回来了,她就开始择菜淘米,准备午饭。午饭过后,她回到自己的小房间,吱扭一声把门关上,这是她一天里弄出的最后的声音。日子就这样,一天又一天,一年又一年,无声无息。

有一年清明节,她回来给亡夫扫墓,大家惊讶地发现她几乎不会说话了,好像舌头变得僵硬。她老练地向大家打着手语,看来在聋哑学校耳濡目染学了不少。有人对她说,你儿子现在当了副县长,你可以跷脚享福了,干吗和自己过不去?她神情木然,向大家打了一个手语,可是没人明白她的意思。

听说她那当副县长的儿子几次派人到聋哑学校找她,想把她接到家里,她用沉默表示了拒绝。后来,儿子不得不亲自跑来。"你是不是想给我难堪?"儿子说,儿子像是要哭出来了,"你知不知道现在传我的坏话传得有多难听!"她仍然用无边无际的沉默表示了拒绝。

不久,她儿子因受贿被捕入狱,她得到这个消息,没说话,脸上是一层厚厚的沉默。她的手脚越来越不灵便,毕竟岁数大了,而且学校本来就是看在她儿子的面上聘用她的,这时就把她辞退了。这样她就回到了圩尾街。大家常常看到她坐在老厝门前晒太阳,阳光把她脸上的皱纹照得纤毫毕现。那一道道皱纹金光闪闪,仿佛跃跃欲试想要说出它所知道的故事。有一天,她突然开口说话,这使大家感到很惊讶,好像她原来是个哑巴似的。她说她昨晚梦见了亡夫,"那个死鬼,"她一边习惯地打着手语一边艰难地说,"他看不懂我的手语,真把我急死了!"大家发现她的声音变得浑浊,咬音不准,好像口腔里堵了一口浓痰。她哆嗦着嘴唇说这些的时候,有一颗泪在秀水婆眼角边晃颤着。

哑巴的儿子

余英达是个哑巴，可惜了这么好的名字。

他三岁时因为一场热病变成哑巴。没多久，村里的拖拉机翻进山坑，乘客二死十八伤，死的恰恰是他父母。余英达咿咿呜呜哭不出声，转眼间成了孤儿。大伯无奈地收养了他，他好歹有一口饭吃，有几块破布遮身。

余英达五岁开始割猪菜、养鸭、放牛、拾粪，十二岁便上山下田，砍柴、采茶、插秧、割禾、晒烤烟，天天都有干不完的活，自然没办法念书。一个哑巴念什么书呢？余英达也不敢奢望。随着年龄的增长，他心里只有一个模糊而强烈的念头：有一天能够开口说话。哪怕只说一句话，让他死也毫无怨言。

村里有些孩子编了歌谣取笑余英达，远远见到他便放开喉咙大喊大叫：

余英达臭哑巴，

臭哑巴余英达……

有一次余英达突然变了脸色，揪过一个孩子，把孩子吓得哇地大哭，而他咿咿呜呜说不出话来，心里像在滴血。

大伯病故，余英达也长大成人，就独自出来自己过了。他承包了好几亩茶园，侍候皇帝一样侍候得无微不至。几年下来，卖茶的钱不多，但也不少，也有了好几千。他开始想女人了。他想，要是有个女人，日子就更像是日子。可是，谁肯嫁给一个哑巴呢？

村里的孩子又编了歌谣取笑他：

余英达骚哑巴，

天天夜里想女人……

余英达听了，却不生气，只是一阵发愣。

有人给余英达介绍了一个邻村姑娘，长得还有点样子，只是和他一样，也是个哑巴。余英达不敢嫌弃，他还怕姑娘嫌弃呢。结果姑娘也不嫌弃他，两人很快就结婚了。

他们又承包了十几亩茶园，还掘了一口塘，哑夫哑妻出入成双，过着一种无声而默契的日子。村里有个孩子很快编了歌谣：

余英达公哑巴，

讨个老婆母哑巴，

生个儿子小哑巴……

那天，余英达听到两三个孩子唱着歌谣，开头两句他没什么反应，听到第三句，他的脸色陡地发青，牙齿上下不停地撞击着，他呜地发出含混的声响，猛冲过去，一手抓住那个为首的孩子的衣领，另一手颤颤抖抖直想狠狠摔下去。最后，他还是忍了，蹲在地上，咿咿呜呜地悲泣，脸上落满泪水。他想，他是个哑巴，老婆是个哑巴，要是生个孩子还是哑巴，那生孩子还有什么用呢？活着还有什么用呢？

第二年春天，余英达的老婆生了个大胖儿子，很能哭，声音嘹亮，把哑夫哑妻哭得心花怒放。但是，他们心头的阴影渐渐浓重了，儿子一岁了还不会说话！一岁半、两岁、三岁……儿子直到三岁还不会说话，他们流干了眼泪，跌进绝望的深渊。

有一天，三岁的儿子从外面蹦蹦跳跳回来，忽然开口唱起村里日益流行的童谣，声音怪腔怪调的：

余英达公哑巴，

讨个老婆母哑巴，

生个儿子小哑巴……

余英达霎时愣住了，继而明白过来，狂喜地搂住儿子，一种巨大的幸福感几乎使他窒息。

儿子能骂爸骂妈骂自己，儿子不是哑巴！余英达流出了一颗硕大的泪。

客子娟

客子娟是一个职业哭丧婆。据说现代文明越发达，人就越不会哭。不会哭当然不是什么了不起的事，如果你需要，你可以请人来替你哭。从这个角度来说，哭丧婆是市场经济的产物。

几年前，客子娟刚嫁到我们圩尾街时，说着一口让人听不懂的客家话，细声细气，谁也想不到几年后她号哭起来，竟是那样惊天动地。客子娟的丈夫多年来以赌博为生，有一次赌博时和人吵嘴，动手将人打瞎了一只眼，便坐了监狱。客子娟本来就是没有任何经济收入的家庭主妇，带着三岁的儿子，这下子陷入了困顿，于是一个深夜里，我们便听到了她的号啕大哭，那哭声类似咏叹调，音域宽广，有一种空谷回音的效果，在圩尾街上空久久回荡。我们圩尾街有个专事殡葬业务的人听了半个晚上，心里十分赞叹，第二天一早就找上门去，介绍客子娟去当哭丧婆。

客子娟第一次出道是在吴科长老爸的葬礼上，只见她身穿白色长裙，从丧乐队后面大步颠出，像一只白色幽灵扑到棺材前的供桌下面，磕了个响头，然后猛地昂起头，一大把束着麻线的长头发唰地向上飞起，她张开嘴巴，呜哇一声，浑厚而又悠长，一下子直贯云天，把所有的听众镇得一愣一愣。经过一年多的实践，客子娟逐渐摸索总结了一套哭丧的办法，好像电脑设定某种程序，需要的时候将它输出来就是了，方便、快捷而且十分实用。一开始，她仰天长嚎一声，然后扑到供桌下，咚咚咚地磕出几个响头，这叫作呼天抢地，先定下一个基调。一般说来，这时供桌上会出现一个赏赐的红包。接着，开始絮絮叨叨地哭诉，双眼含泪，凄凄惨惨，抑扬顿挫，这不是休歇，而是酝酿，所以叫积蓄待发；这个过程不能太长也不能太短，太长丧家、观众注意力容易分散，太短则无法调动他们的情绪。客子娟觉着差不多了，便蓦地拔高声音，犹如晴空霹雳，把空气震得四处逃逸，人心也一颤一颤，这就是哭丧的高潮，持续的时间视红包的数目而定。红包多，高潮也就势如破竹，气贯长虹，惊天地泣鬼神。高潮过后，渐渐转入尾声。对客子娟来说，尾声并不意味着草草收场，她总是有足够的耐心，絮絮叨叨哭出一种梦幻般的境界，让人沉浸在缅怀死者的悲伤之中。

客子娟的名气越来越大，如果同一天有多户人家办丧事，要请到她还真不容易呢。请的人多了，赚的钱也就多了，客子娟和儿子两个人过上了衣食无忧的日子，还能时常给远在千里外监狱里的丈夫寄上一些补品。客子娟打算多赚点钱，安心等丈夫回来。然而，她丈夫不安心改造，有一天越狱逃跑了，半路上因暴力拒捕，被公安人员开枪击毙。消息传到圩尾街，大家心想，客子娟这下该是一场大哭了，谁知她只是发呆，无声无息。有好心人对她说，你想哭就哭，别憋在心里难受。她瞪着眼睛，怔怔地说，我哭不出来。一个职业哭丧婆死了丈夫，居然哭不出来，这使我们非常奇怪。但是第二天,客子娟到了顶街一个暴病身亡的老板的葬礼上,一泻千里,哭得死去活来,据说整整赚了八个红包。

会跑的布娃娃

小燕有一个矮她一头的布娃娃。布娃娃的屁股上有个小开关,只要一打它屁股,它就会咿咿呜呜地哭起来。两年前,小燕三岁生日时,妈妈为她买了这个布娃娃,当时它和小燕长得一样高,小燕很爱它,从来不舍得打它。

去年十月,小燕的爸爸和妈妈吵架吵得很厉害,就离婚了。小燕听说妈妈到一个叫作"美"的很远的国家去了,她和爸爸一起过。爸爸在工厂里上班,每天回家都是皱着眉头苦着脸,小燕看了就很害怕。不久,爸爸上两天班,就要在家里歇好几天,他一个人在家里喝着酒,喝得满脸红扑扑,常常抓住小燕打屁股。开头小燕还哭,渐渐地她就不哭了。她忍着疼痛,回到自己的小房间里,抓起布娃娃,摁在床上就打它的屁股。布娃娃发出一阵阵哭声,好像是在求饶说:"别打了别打了,我再也不敢啦。"小燕打得手酸了,才停下手来,她感觉到心里好受多了。这样,小燕就养成一种习惯,只要爸爸一打她,她就回房间来打布娃娃。

这天中午,爸爸从厂里回来,嘴里呼着酒气,走路摇摇晃晃的。他一进门就叫小燕拿拖鞋过来。小燕动作慢了一点,他伸手就在小燕的屁股上打了两下,说:"去死呀!"小燕痛得不敢叫,眼泪汪汪的,快要掉下来了。爸爸倒在沙发上呼呼睡着了。小燕跑进房间里,抓起布娃娃,狠狠地打。布娃娃的哭声一声比一声高,小燕一边打一边说:"看你还乖不乖?乖不乖?"布娃娃哭得上气不接下气,好像脸都肿起来了。它的哭声越来越难听,干号一样拖着腔,渐渐地哭不出来,原来是没电池了。小燕把布娃娃扔在地上,模仿爸爸的声音说:"去死呀!"然后又学着爸爸的样子,背着手,气咻咻地走出房间。

小燕一个人在家门口玩了好久,她不想再玩下去了,就回到房间里。这时,她发现地上的布娃娃不见了,四处找起来,还是找不到。她想,布娃娃一定是被她打得太痛,受不了,跑了。这样想着,小燕就很难过,呜咽着说:"布娃娃,你跑到哪里去了?我再也不打你了,你回来吧!"小燕在家里四处找了一遍,走出家门继续寻找。

小燕的爸爸在沙发上睡了一觉,醒来后发现小燕不在家里,就出门向邻居打听有没有看见小燕。邻居一个十岁的男孩告诉他:"小燕说她的布娃娃跑了,她到街上找布娃娃去了。"小燕的爸爸叹了一声,心里想,这孩子真是的,布娃娃怎么会跑呢?准是你自己想跑到街上玩,看我回来怎么收拾你!小燕的爸爸到附近几条街道找了一遍,没有找到小燕。天渐渐黑了,他感到了一些不安,返身跑回家里,小燕还没回来。他不得不上街继续寻找,找了一夜,还是没找到。他回家找那只布娃娃,居然也没找到,果真布娃娃是跑了?小燕找布娃娃去了?他越发感到事情太蹊跷了,心里直懊悔不该打小燕。

第二天,小燕的爸爸到派出所报了案。有人给他出主意,让他到电视台做个寻人启事。这样,小燕的爸爸就上了电视,他含着眼泪说:"小燕,你跑到哪里去了?我再也不打你了,你快回来吧!"他手上抱着一只新买来的布娃娃,"你看,你的布娃娃也在等着你呢!"

可是,小燕找她的布娃娃去了,从此再也没回来。

都是捡来的

天还没亮,周大妈就起了床,在街上边走边做几个自编的体操动作,这是她多年来的健身方式。这天,她刚刚走到公厕门口,脚上突然踢到一团什么软软的东西,心里不由一惊,弯下腰一看,原来是一只包袱,借着淡淡的晨曦仔细再一看,原来包袱里露出一个女婴熟睡的小脸。

天哪,这一定是弃婴!可怜这个小不点,酣睡中被狠心的父母扔掉,一觉醒来再也看不到亲人了!周大妈火烧火燎地抱起弃婴,心里叹息不已,转身就往家里走。

回到家里,周大妈检查了一下包袱,发现一张歪歪扭扭写着女婴出生日期的纸条。这时她看到女婴微微睁开了小眼睛,嘴唇翕动着,发出微弱的呻吟声。周大妈立即反应过来,伸手在她额上一摸,哎呀,不好!像是烫手的山芋,这孩子病得不轻啊!周大妈没有多想,打开抽屉,把家里所有的现金一股脑塞到口袋里,抱起孩子就往医院里跑。

跑到医院里,大多数医生还没上班,周大妈急得团团转,不由大声喊起来:"哪个医生行行好,快来看我这孩子! 孩子快不行了!"这时,病房里走出一个戴眼镜的医生,向她问道:"你孩子怎么回事?"周大妈像是抓到了一根救命稻草,连忙说:"求你了,快快！我，我有钱！"

医生带着周大妈来到急诊室，为女婴做了检查，说："需要马上住院，你先到收费处交三千块押金，我这就给你安排病房。"周大妈愣了一下，她刚才还向医生宣称有钱，这下不敢吭声了，连忙走出急诊室，颠着小碎步跑到医院门口的杂货铺，操起电话就往女儿家里打："阿莲啊，我在医院门口等你，马上给我送两千块来，这是救命钱啊，要快！快！"

五分钟后，周大妈的女儿周秀莲带着钱，雇了一部载客摩托车赶到了医院。母女俩以最快的速度办理了住院手续，同医生一起把女婴送进了三号病房。由于抢救及时，女婴脱离了危险。那个戴眼镜的医生松了口气，对周大妈说："你孙女没事了，放心吧。"周大妈搁下了心上的石头，到这时才顾得上擦了一把汗。她逗着床上的女婴说："你瞧她多可爱啊，可惜不是我孙女。"医生有些惊讶，周大妈便把早上捡到这女婴的事和他说了，医生连连赞叹："难得有你们这么好心的人啊。"说得周大妈和她女儿周秀莲都有些不好意思。

正巧，这天报社记者到医院里找新闻，想搜集一些"讲文明树新风"方面的先进事迹，听那个医生提到了周大妈送弃婴住院的事，连忙跑到三号病房采访。面对记者的称赞，周大妈有些紧张，大半天说不出话来，把女儿周秀莲往记者面前一推，自己借机溜出了病房。记者抓住周秀莲不放，一定要她谈谈抢救弃婴的思想动机，周秀莲结巴了一下，说："其实我也是我妈捡来的弃婴，是她从厕所门口把我抱回家养大的——"记者突然有些明白了，觉得周大妈真是太高尚了。这时，周大妈提着刚买的两包婴儿奶粉回到了病房，记者一定要她回答："你为什么这样好心抚养弃婴，救助弃婴，几十年如一日？"周大妈眼睛突然红了，低声地说：

"其实我也是我妈捡来的弃婴,是她从厕所门口把我抱回家养大的——"

康师傅

康师傅没有他同名的方便面那么著名,他只是我们小巷里一个老光棍。

康师傅的年龄在五十岁至六十岁之间,他是一个扎鞭炮师傅。也不知道他干这一行当有多久了,他身上有一股很浓的硝药气味,闻起来差不多有五六十年的历史。

康师傅扎的鞭炮个大,结实,硝药充足,一般是不会有臭弹的。市面上的鞭炮有五十响、一百响,近年来发展到三百响、六百响、八百响,但是不多,往往需要订做。这一点康师傅可以满足你的需求。有一年八月他给一个准备八月初八开业的港商扎了一串八百八十八响的鞭炮,看起来有箩筐那么大。

有一天,康师傅正在院子里扎鞭炮,一个气色很好的中年人闯了进来。他说,你给我扎一串一千响的,后天就要用,多少钱由你说。

康师傅说,行,你明天晚上来拿。

第二天晚上,那人来了。康师傅说,还没开始扎。那人气得差点跳起来,说,你怎么不守信用,不怕砸了生意?! 康师傅说,你的活我赚不起。

实际上那串鞭炮已经扎好了,就放在康师傅的床铺下。但是康师傅刚刚听说,那人就是冯镇长的堂弟,冯镇长贪污受贿的,大家都知道。冯镇长上个月被停职审查,可是据说查不到什么证据,上头决定后天把他放了,官复原职。他堂弟订做一千响鞭炮的用意很明白,无非给他庆贺庆贺,冲冲晦气,谁知在康师傅面前碰了壁。

过了几天,康师傅把这串千响炮送到正在办丧事的苏家,苏家不好意思收。康师傅说,苏老师是好人,送他一串炮算什么!苏家要付钱,康师傅头也不回,大步走了。

过年过节,家家户户放鞭炮。整个小城几乎在炮声里下沉了三尺。可是这家家户户里边,康师傅家是唯一不放鞭炮的。听着震耳欲聋的炮声,康师傅心里想,这炮有多少是我扎的啊,他们放了不就等于我放了吗?

这一年年底,政府通过了禁炮令,决定从元旦起严禁制造、销售、燃放烟花爆竹。这一通告对我们震动很大,但是我们想,震动最大的应该是康师傅,这简直就是砸了他的饭碗!康师傅却没有什么反应,仍旧每天忙忙碌碌扎着鞭炮,好像根本不知道禁炮令似的。

12月31日下午,康师傅从家里搬出一串比箩筐还大的鞭炮,把它放在小巷的空地上。不知他搞什么把戏,很多人都围上去看热闹。

康师傅说,这是我扎的最后一串炮了。

他把那串炮点燃了。作为扎鞭炮的师傅,康师傅燃放了这辈子第一次也是最后一次的鞭炮。

炮声足足响了半个小时。我们想,从明天起再也听不到炮声,忽然觉得最后的炮声还真有些动听。

空气中硝药的气味四处飘散,炸开的纸屑纷纷扬扬。康师傅说,明天起就不能放鞭炮了。

康师傅说话的样子好像有些凄凉。

惊心的照相

老霍在刑警大队搞了二十个年头的摄影,专门给尸体和罪犯拍照。在他办公室的一只大立柜里一沓一沓的都是这些照片,让人看了心惊肉跳。

老霍拍的照片常常印在"认尸启事"和"通缉令"上面,漫不经心看一眼倒没什么,假如你认真看的话,一定会触目惊心,好像有一股寒气从脚底升起。老霍拍摄的尸体照片给人一种强烈的现场感,把生命遭到毁灭时的那种恐怖和悲惨表现得淋漓尽致,带着一股浓重的血腥味。他拍的罪犯照片,抓住了罪犯最典型的表情特征,栩栩如生地定格在照片里,让人一看就能认定那不是好人。老霍的许多同事都有这样的感觉:他们看现场或者面对罪犯都很平静,而看老霍的照片,反而有一种莫名的震惊。

说来没人相信,老霍二十年来除了给尸体、罪犯拍照,极少用相机,远的不说,近的仅有三次,而这,绝对就是最后的三次。

这天,下班了,办公室里只剩下老霍和同事白副。白副看见老霍桌上的相机,忽然心血来潮,说:"老霍,给我咔嚓一张。"

老霍很为难,说:"我从来拍的都是尸体和罪犯……""没事,你随便拍一张就是了!"白副坚持要拍,老霍只好给他拍了一张。

照片洗出来之后,老霍吓了一跳,他拍的白副活像一个死人!

老霍没有把照片给白副,好在白副也忘了。没多久,白副在一次执行任务时发生车祸身亡,他死的样子,同老霍拍的照片一模一样,这使老霍一连做了许多天噩梦。

又有一天,老霍背着相机从现场回来,他走上办公楼,看见黄政委正站在走廊上眺望远方。黄政委是老霍的老上级,他平时待下属总是和和气气的,一点也没有架子,老霍便上前尊敬地叫了他一声。

黄政委见是老霍,笑道:"老霍,辛苦啦!你这海鸥机用了十几年了吧?"

老霍说:"今年满二十年了。"黄政委说:"你提个申请,局里议一议,给你鸟枪换炮,换个现代化的!"

老霍用"海鸥"用得顺手,也用出了感情,从没想过换机子,但是对黄政委的好意还是很感激,便连声道谢。

两人稍稍地聊了几句,黄政委说:"给我来一张吧。"他立即摆出拍照的姿势,脸带微笑,显得和蔼可亲。老霍犹豫不决,黄政委笑道:"快啊,不要浪费我的表情啦!"老霍迅速调好焦距,按下了快门。

几天后,黄政委的照片和十几张罪犯的照片一起洗了出来。老霍凝神一看,顿时一阵心慌意乱,他觉得黄政委的表情……他不敢往下细想。

大概一个星期后,黄政委忽然因受贿罪被捕,大家听到这个消息都很惊讶,只有老霍表情平淡,好像什么都没有发生一样。

这一段日子,城北的机关干部新村接连发生三起盗窃案。罪犯很狡猾,几乎不留任何痕迹。大家跑了几天,还守了两个晚上,连个影子也没碰到。

那天,老霍独自到新村查访,回来路上,腰间的 BP 机响了,原来是儿子在呼,说是母亲突然昏厥在地。老霍知道老伴心脏病复发,没来得及回局里,直奔家去。回到家里,老伴因为吃了救心丹,已经好了许多。老霍问她要不要上医院,她说不要,老霍于是便松了口气。儿子看见老霍背着相机,说:"爸,给我照一张证件照吧,我们厂里填表要用照片。"老霍说:"到照相馆去照。你早几天怎么不照?""我忙嘛,忘了。"

经不住儿子好说歹说,老霍想到晚上该把胶卷拿出来冲洗,里边还有一张底片,便勉强答应给儿子拍了一张。

晚上,老霍在局里的暗房中冲洗,当他看到儿子的照片时,心里蓦地一惊,这简直就是"通缉令"上的罪犯,那眼睛的深处,透露出一股难以掩藏的邪气!难道儿子是罪犯?老霍实在无法接受这样的事实。

这天晚上,老霍一夜没睡。第二天,等儿子上班以后,他走进了儿子的房间搜寻,撬开了锁着的一个抽屉,除了老虎钳、凿子几件工具外,还有几扎外币和一包黄金首饰。老霍只觉得眼前一阵昏暗,几乎要跌倒……他踉踉跄跄地离开了家,乘上电车到了局里,敲响了局长办公室的门……

第二天,儿子被传讯,经侦查,他果然是新村盗窃案的罪犯之一。儿子被逮捕,老伴因受了刺激,心脏病突发而死去,老霍便成了孤身一人。

老霍大义灭亲,同事们都很敬佩,但为什么老霍一看照片就怀疑儿子是罪犯呢?有人说,凡是罪犯,心里总有一股邪气,这股邪气,总要通过眼神、脸容透露出来。老霍拍了二十年的罪犯照片,对这股邪气最为敏感,所以一看黄政委、儿子的照片,便能察觉有异。至于白副的照片和他的意外身亡,那不过是巧合而已。这种说法,倒好像有点道理。

找新闻

　　县委报道组的笔杆子小吕一大早就来到双洋村找新闻,可是村主任不在,他准备转到别的村去。小吕走到河边,看到一个大嫂在洗衣服。他也走到河边洗了洗手,顺口就问道:"大嫂,我是县委报道组的,最近村里有什么新鲜事、稀奇事没有?"

　　洗衣服的大嫂不停地洗着衣服,头也不抬地说:"你说什么才叫新鲜事稀奇事? 乌龟给人送药算不算?"

　　"算啊,这可是趣闻啊。"小吕兴奋地说。《马铺晚报》有个小专栏最喜欢发表这类奇闻趣事,他连忙拿出笔记本做好记录准备:"大嫂,你快说来听听。"

　　"你真想听?"大嫂直起腰,扑哧笑了一声说,"就说我们村里呀,有个叫小花的姑娘,人长得水灵灵的,听说在外面当发廊妹。前些日子回家来,没人理她,她病倒在床上,连她亲爸亲妈都不管她,就那乌龟给她拿药,晚上陪她睡觉……"

　　小吕打断大嫂,说:"这真是神了,我记得报纸上说过某村有只乌龟能为人拿信件拿报纸,你们这乌龟不仅能拿药,还能陪人睡觉解闷,真是了不起,你说说看,这乌龟有多大?"

　　"多大没人称过,我就知道在村里五十几年了。"大嫂说。

　　"那是一只老龟了。"小吕一边记着一边赞叹地说。

　　"那是啊,老龟,大家都这么说。"大嫂说。

　　小吕谢了大嫂,高兴地回家去了,当天就写了一篇《双洋村有一只老神龟》的小文章，传真给《马铺晚报》，第二天就发表了出来。这天下午，小吕突然接到了双洋村黄村主任的抗议电话，原来双洋村里根本没什么老龟，倒是一些妇女不怀好意地叫他"乌龟"，他抗议这篇文章损坏了他的名誉权。小吕一听就慌了，连忙赶到双洋村，一打听，村里真是有很多妇女把黄村主任叫作"乌龟"，村里也真有一个叫小花的浪荡女人。小吕不敢去见黄村主任，心里觉得对不起他，要是他起诉到法院，索赔个十万二十万，那就麻烦了。他琢磨着要给黄村主任写一篇正面的报道，让他消消气。小吕看到地里有个中年人在锄草，看样子很憨厚，就说："老哥，我是县委报道组的，我看你们村主任不错，你说呢？"

"是不错。"中年人拄着锄头柄，点点头。

小吕连忙掏出一根烟递给他，高兴地说："那你快讲个例子来听听。"

中年人点了烟，不急不缓地说："就给你说说村主任退贼的故事吧。那是前两天的夜里，夜色不错，有个小毛贼来到村东头的冯志林家围墙下，刷地一下翻了上去，这时他看到了村主任，原来村主任一直就站在围墙下，两只眼睛直勾勾地盯着他，小毛贼心里一慌，就从墙上掉了下来，爬起身撒腿就跑。"

小吕心想，这故事不算新鲜，但暂时没别的东西，先给《马铺晚报》的"社会短波"专栏写一篇百字新闻也好，说不定黄村主任看了高兴，就不追究"乌龟"的事了。小吕三下两下就写了一篇双洋村黄村主任怒眼吓退盗贼的小新闻，《马铺晚报》第二天就发表了。看到样报，小吕主动给双洋村黄村主任挂电话，带着一种表功的口吻说："黄村主任，看到今天的晚报吗？我……"

"混账，'乌龟'的事我还没和你算呢，你又来啦！"黄村主任在电话里破口大骂起来。

"我，我是表扬你啊？"小吕不明白地说。

"你难道不知道吗？我们双洋村有一条半疯的狗，大家给它取名叫'村主任'，吓退盗贼的事说的就是它！"

小吕这下呆住了。

地　煞

又是浓浓的中药苦涩味，孙副局长掩上门，眉头皱得紧紧的。

那是他妻子，搬到这敞亮的四居室的第二天就病倒了，莫名其妙地病到现在，好不起来，也坏不下去。一个老中医说，凡病三分医七分养，于是就按他的嘱咐，天天熬一碗中药灌下去。开始，孙副局长还经常赞叹中药的苦涩里带有一股清香，但是三天、二十天、三十一天，总是那样一股味道，加上自己屁股上不知不觉中长了一颗痛痒不已的疖子，便似乎少了一份耐心，多了一份焦虑。前几天，妻子找来一个风水先生，这个尖嘴猴腮的老先生一进房门就连连惊叹，这房子如何能住人？地煞太重了，太重了。事后妻子一五一十向丈夫做了"汇报"，建议退房搬回老屋。孙副局长沉吟片刻，低低地说，咱是党员，不信这个。

"哎哟！"孙副局长丢了公文包，一屁股在沙发上坐下来，没想到，那颗可恶的疖子痛得他往上蹿。

"怎么啦？"妻子走到门口问道。本来一张很红润很有光泽的脸，现在竟显得憔悴不堪了。孙副局长看她一眼，不作声，只是伸手到长疖子的地方轻轻摸一摸。

"我说不要房,你偏要,现在好了,病的病,烂的烂,我还老担心小群会出事,风水先生说这房地煞太重,谁也保不准以后……"妻子又责怪起来。

孙副局长很烦,猛然张开嘴,却好一会儿没说出话来。他真不想说什么,但转念想到今天在单位里听到的那些背后话,就来气了:"你以为我贪享受啊? 这些天单位里有人说咱多占房你知道不? 你还来跟我唠叨。"

"谁唠叨?"妻子不甘示弱,"多占房就退呗,这鬼房子我早就不想待了!"

这时,在中学念初二的独生子小群回来了,走路似乎一瘸一瘸的。

"小群,你怎么啦?"孙副局长发现了宝贝儿子的异样,问道。

"没什么,回家路上车子和人撞了一下。"小群不太在乎地说。

"天哪!"妻子惊叫一声,"我老担心要出事,要出事,这不!"她愤怒地盯了丈夫一眼,"老屋就在学校旁,你不住,搬到这儿,天天让小群骑车上学,你又不是不知道,路上车多,事故多……"

"总是你有理!"孙副局长拔尖了声音。

小群不解地看着父母,说:"爸妈,你们吵什么呀?"

两人都不答话。许久,孙副局长憋着气对妻子说:"好吧,退掉,你高兴了吧?"

退掉新房,孙副局长一家三口搬回了老屋,小群离学校近了,他兴高采烈。过几天,妻子忽然说她感觉她的身体好了许多。

"感觉?"孙副局长白了她一眼,冷冷地说,"我的疖子怎么还没见好,莫非老屋对我也有地煞?"

年底,有关部门查处干部多占公房的问题,认真处理了几个人,也表彰了几个人。孙副局长是在受表彰之列的。表彰大会上,他被授予一只漂亮的镜框,里边是盖好几个大公章的奖状。孙副局长将镜框高高举起来向台下鼓掌的人们微笑示意。

回到家里,孙副局长说,"镜框要是挂新房客厅,就醒目多了。"

妻子撇撇嘴说:"哼,还新房!那时不退,你这次就栽了!幸亏哪,风水先生说地煞太重住不得,就是有道理。"

孙副局长觉得妻子这种思想认识有些落后,笑笑说:"你啊你。"一边说着,一边在沙发上蹦了几下身子,竟不觉疝子痛了。

坐升降机的猪崽

傻丁从小就有些傻里傻气的,不然也不会落下傻丁这个名字。去年,傻丁也和村里一帮人到城里打工。有一天工休,大伙到街上闲逛,走过一幢高楼时,空中飘来一张纸片,飘飘忽忽就贴在了傻丁的脸上。他揭下来一看,立即惊叫了一声,原来是一张一元的纸币。有人就调侃说:"傻丁,你运气来了,再等会儿,天上就会飘下一百元的票子。"傻丁居然就不走了,仰起头望着几十层高的楼房,盼望天上掉下钞票来。脖子酸了,就埋下头转着圈子走来走去,然后继续抬起头。傻丁在这高档住宅楼下面磨磨蹭蹭,直到街灯初上,还在那里转悠。他形迹可疑的样子终于引起保安的警觉。"喂,你!"有一个保安冲他喊道,他心里一慌,拔腿就跑。跑回工地的工棚里,大伙问他天上有没有掉下来百元大钞，傻丁直喘着气，一句话也说不出。

这阵子，到处都在说"金融危机""房市低迷"，傻丁也不明白什么意思，反正他们在建的这幢楼停工了，包工头不见了，大伙都领不到工钱了。有人嚷嚷着到城里找包工头讨薪，有人就凑在工棚里打扑克，傻丁闲得没事干，就在工地附近胡乱扒拉着，捡些矿泉水瓶子、塑料袋什么的。这天，他发现草丛里有一头小猪崽，鼻子里哼着气，他惊喜交加，就把它抱了回去。

就这样，傻丁在工棚外搭了一个临时的小猪圈养起了小猪崽，他每天跑到附近菜地里捡菜叶来喂它。大伙打趣他说："傻丁，你要靠养猪度过'金融危机'啊?!"傻丁也不吱声，就一门心思侍候他的小猪崽。过了几天，这小猪似乎就与傻丁建立了感情，傻丁走到哪，它也吭哧吭哧跟到哪。这天，傻丁要坐升降机到八楼一趟，小猪崽也闯了进来。升降机哐当哐当地往上升，小猪崽站在傻丁的裤腿边，像第一次坐电梯的小孩子似的，紧张而又兴奋地哇哇叫着。

坐了一回升降机，傻丁发觉小猪崽变得很有精神似的，心想，可不? 这上上下下的，就是运动啊，运动能健身，自然身体就好了，身体好了就能长膘啦。他越想越高兴，从此早中晚每天带小猪崽坐三回升降机。大伙见傻丁这举动都笑了。有人说："傻丁，你这也傻得太离谱了。"傻丁认真地说："我这是给猪锻炼身体。"

大伙的嘲笑并没有让傻丁停止给猪锻炼身体，这天升降机哐当哐当刚降到地面，有人拿着手机对着傻丁和小猪崽直拍照。那陌生人看来有点身份，好奇地问傻丁："你这是干什么啊?"

"给猪锻炼身体。"傻丁很严肃地说。

"好，有创意，太有才了。"那人高声地称赞起来。

傻丁说:"我以前在家养过猪,猪也要运动运动,肉才会有劲道。"

那人频频点着头,就跟傻丁商量说:"我那里有一批猪崽,跟你这差不多大,你每天给它们坐三次升降机,给你三十块钱,你看怎么样?"

傻丁愣了一下,这无异于天上掉钞票了,他赶紧点头同意。

那人立即打电话,不一会儿就有一部小工具车载着十头小猪崽来了。傻丁到底当过猪倌,训练有素地把它们哄进升降机的木格箱子里,然后升降机就哐当哐当地往上升,猪崽们哇哇哇地欢叫一片。那人用手机全拍了下来。

第二天,那人亲自开着小工具车载来了十头小猪崽,然后把坐过升降机的猪崽接走。这样过了两天,大家就奇怪了,问傻丁,傻丁只是傻呵呵地直乐,问那人,那人却是神秘地笑而不答。

第三天,居然有电视台记者扛着摄像机来拍摄了,晚上"市井趣闻"栏目就播出了猪崽坐升降机的镜头,看到的人都觉得挺好玩的,这年头猪崽也健身啦。

每天带着猪崽坐坐升降机,就有钱赚,这活儿太轻巧了,也太奇怪了。大伙想,那人是不是和傻丁一样傻啊?这天,那人又来了,车上却没有猪崽了,傻丁有些不习惯地问道:"今天不坐升降机了吗?"

那人哈哈大笑,说:"今天不用了,我新开的烤乳猪店已经打出名声,宾客盈门了!"围过来的工友这才明白,原来这人是烤乳猪店的老板,他把猪崽坐升降机的相片做成广告,声称这是"每天锻炼身体的健美猪",新店铺随即一炮走红,引起电视台的关注,更吸引了大批食客。

"那,那我没钱赚了……"傻丁失望地说。

那烤乳猪店老板拍拍傻丁的肩膀说："小伙子,你人实在,到我那边去干活吧!"

就这样,大伙停工失业的时候,傻丁却意外找到了一份活儿,不由让人感叹,这傻丁有傻福啊。

阿春的岁月

现在阿春名不副实了。

她一张脸像深秋肮脏的落叶。她从头到脚,是一块收割过的荒凉的瘦地。

原来不是这样。阿春在土楼乡中学念书时,快活得像一只小鸟,脸上总有一朵春天的山花鲜艳着。

但是,有个夏天的星期天,她回家拿米。

老爸说,别忘了。

阿春呆愣一下。

老爸说,一个给别人掀锅盖的女人,念到初中够了。

阿春两眼水莹莹地闪光。

老爸说,你妈好命早死,你阿兄分家了,我老了,家里那么多的活……

阿春仓仓皇皇逃出土楼,像一只逃窜的老鼠。

老爸在半路上把她堵住。老爸的眼光像一把镰刀,割得她心里流血。

从那天起,阿春的春天就提早凋谢了。

现在她名不副实。

她每天煮饭、洗衣、挑水、劈柴、喂猪、饲鸡、做茶叶、做烤烟、下田、上山,等等。日子像圆土楼一样,是一个圆圈,把她圈在里面运转,一圈又一圈。

累了,或者偷闲,歇一下手脚,望天井的上空,只是一块圆圆的天。圆土楼把天也圈住了。这时,阿春的心被什么啃了一口,就有一种烫烫的东西在眼眶里荡漾。

阿春真想哭。但是哭是容易的吗?

阿春没办法哭。

楼里人盛赞她乖,听活,孝,能干。

阿春不作声地听着,两眼发呆。

如果是白眼、贬低、责骂也好呢,阿春可以横起心来,抗拒,逃跑。可是那些是好话,还有老爸一天比一天瘆人的咳嗽,使阿春实在没办法不乖,不听话,不孝,不能干。

老爸说,你真有孝,我要托人给你寻个好婆家,过几年你就嫁出去,你的日子就好过了。

阿春轻轻咬住嘴唇,说不,不。她说在心里。

老爸又咳起来,像刀子一样。他那样坐在灶沿前边煨火边咳,火光满脸跳荡。

阿春呆呆地看着。

老爸说,给我……

阿春呆呆地看着,仿佛在梦里。

老爸说,一味草药忘在老龟家,给我去拿。

阿春愣过神来,抬脚就走。

这是冬天的夜晚。阿春走在月光如刀般发白的村路上。两边是一些猪圈、茅厕和稻草垛。月光把阿春的影子拉得瘦长。前面有个暗影晃动一下,传来沙啦啦的响声,是哪个男子的撒尿声。

阿春站住,可那沙啦啦声似乎永不停止。近旁一些稻草泛着白光,它们还未垛起来。阿春就在上面一屁股坐下。这一坐下,仿佛从身上卸下什么,呼一口气,吸一口气,一种说不出的轻松如温存的手抚遍全身。

那沙啦啦声停了。阿春拼命想站起来,但是拼命站,站不起来。屁股下松软,暖和,什么时候有过这样的惬意呢?

这时,那团黑影飘了过来,很大很大,把阿春罩住了。

阿春,是我。黑影说。

阿春说,你是谁?

阿春想站起来,但是她看见一堆稻草塌了下来。

黑影说,是我,我带你去厦门做工。

阿春说,不。她觉得黑影整个地朝自己压了下来,一只手摸到了胸上。

黑影说,厦门很大,很好玩。

阿春的心扑扑跳动,好像要蹦出胸膛了。这样的体验又新奇又紧张。她觉得自己以前不曾活过,只是一台干活的机器,而现在,她整个人活着,新奇而紧张地活着。她说,不……她感觉到黑影的手在全身爬动,她眩晕了,她说,不……

不……

不!突然,阿春全身疼痛地一颤,便失去了知觉。

不知什么时候,阿春猛地醒过来,摸了脸,一把暖烘烘的气味。草上有星星点点的鲜红。四周无人,月光白白的,似乎是一个美好的夜晚。

阿春爬起来,整好衣衫,回头往家那座庞大的圆土楼走去。她忘了要做什么,她知道回去肯定挨骂。想到挨骂,她心里忽然有一种兴奋。

老爸还坐在灶洞前,他看见阿春跨进门槛,说,你死哪去了?不活了是不是?

不!阿春说。

阿春说,我要去厦门做工,春天一到就去!

他和他的遗像

太阳光被乌云遮断,紧接着,风号叫着来了,呼呼……呜呜……

昨日,广播匣子通知说,由于受六号强台风的影响,今天全乡将有暴风雨。昨晚阿洁就不能睡安稳了。现在,她所担忧的时辰到了,她的心更加不安地狂跳。

他会怎么样呢?一个人在外……

阿洁紧皱着眉头,心里一片空茫茫,全没了主意。她关上所有窗子,可是立即觉得太闷了,却再也不容易打开了,因为风顶着。她狠狠地推,一咬牙,窗子推开了,风呼地灌进来,仿佛当面给了她一掌。

阿洁踉跄几步,站稳了,她心里愈加焦急地想着:

他会怎么样呢?一个人在外……

这么猛的风!他会怎么样……

他那瘦巴巴的身子,平时大家开玩笑说一阵风就能刮倒的;今天这么猛的风,不会把他刮倒吗?

都怪他自己,工作起来没日没夜的,今天跑这个村,明天跑那个寨,全凭一架破脚踏车,咔啦咔啦的,一到村就同农民黏在地里,总是弄得一身泥,哪像个乡长模样啊……不要命地工作,又不注意营养,吃两餐冷饭是一天,泡快熟面也是一天,身体又不是铁打的,怎不会垮下去啊……

风更猛了,忽然间,四周响起劈劈啪啪的雨声,像密集的点射一样。一时风雨交加,好像千军万马,呼啸着把整个木房子团团围住。

阿洁不停地搓着手,她的心随着风雨声一阵阵地抽紧,她拿不定主意。

到底,要不要给他送雨衣呢? 这么猛的风,这么大的雨,他独自一人在外……不送,报复他一下。去年元旦,他们还在度蜜月,过了三十岁才结婚的人,本来应该更看重家庭一些,可他不仅宣布两年内不要孩子,而且心里很快就没有她了,成天埋在什么《乡镇企业五百问》,什么《制茶技术》等书里面。元旦那天,给他买了电影票,居然不去,说,你去吧,我无论如何要在晚上完成创办茶厂的可行性报告。见你的鬼,一个人去就一个人去,哼! 还假惺惺地说,如果天下雨了,我给你送伞。雨果真在散场时下来了,却不见他半个人影,直到雨差不多歇了,他才慌慌张张跑来。好,今天我要报复他一下……可是,他的身子那么差,这么猛的风,这么大的雨,他吃得消吗?

风挟裹着豆大的雨粒,从窗口打进来。等阿洁费劲关紧窗户,地上已淌了许多水,身上也湿了一半。阿洁用手扫去衣服上的雨珠,在床上坐下来。阿洁心中翻腾着那个执着的念头:

他一个人在外,会怎么样呢……

这时,风更猛了,雨更大了,好像两个魔怪,把整个木房子摇得嘎嘎直响,桌上的台历都震到了地上。阿洁似乎听到木板发出一阵哀怜的声音:"挺不住了,挺不住了……"

天啊,这么猛的风,这么大的雨,这房子快要倒啦。都怪他!都怪他!本来乡政府分一套新房,他却让给了别人,现在好,这房子快要倒啦,这么猛的风,这么大的雨……不行,不行,得赶快给他送雨衣!我的冤家呀,这么猛的风没把你刮倒吧,这么大的雨没把你浇湿吧,我这就给你送雨衣,这就去!这就去!

阿洁把他的黑雨衣挟在腋下,抓起一把伞,猛地打开房门,可是她还没走上几步,就听见房里"啪"的一声,有什么东西从板墙上掉在地上。风确实太猛了……

她回头一看,原来是他从墙上掉下来了。那是他的遗像。

一个月前,他积劳成疾而英年早逝。但是他一直活在她的心中。

白痴天才

不知刚出生时落下什么病,已经5岁了还咿咿呜呜不会说话,看人眼光是斜的,显出一种顽固的痴呆,有时还悄悄淌出口水,在下巴和脖颈上蜿蜒地流着。

这么个小女孩,五官端正,父母亲都是知识分子。

摇头。叹息。唉!唉!!

她画了一幅小朋友玩游戏的画。

她画的?

摇头。不相信。

当场叫她再画。几双大人的眼睛盯着那只麻秆似的细手,它好像不是一个 5 岁痴呆女孩的手,而是魔手。

三下五下,又一幅画在纸上栩栩如生。

所有的眼睛都瞪大了。

这幅画送到省里参赛,毫无争议地获得一等奖。

惊奇,赞叹,然后又是摇头叹息。唉！唉！！

有一天,她忽然操起小提琴,很有样子地搁在肩上。

放下！叫声里透着生怕她摔坏琴的焦急。

但是,一股轻柔的琴音已从琴弦上泻出。

她拉的是梁祝。

如泣如诉,如梦如幻,感动出一行行泪水。

惊奇,赞叹,然后又是摇头叹息。唉！唉！！

天才！天才！可惜……是个……

要是能把她脑子治好,不知道她会有多了不起啊！

寻医,访药。一上北京,二上北京,三上北京。

深受感动的科学家自告奋勇。查资料,研讨,试验,治疗。再查资料,再研讨,再试验,再治疗。

清晰的一声"妈妈",证实了科学家的成功。

太好了！太好了！

巨大的狂喜。

她能说话了,而且不斜眼看人,而且不流口水,而且笑得很灿烂。

深深的欣慰。

她终于像正常儿童一样上小学了。每天上学,放学……

给她一张纸,她半天只在上面留下一团肮脏的墨迹。

看见小提琴，她不知是何物。

怎么啦？

脑子治好了，正常了，反而……

这真是太奇怪啦！

惊奇，困惑，然后又是摇头叹息。唉！

一个天才……这真是太奇怪了，唉！

心　锁

　　难得梅老板有雅兴，独自在书房品茗读书一个下午。傍晚时分，一个下人匆匆进来，作揖道："东家，外面来了一个会开锁的人。"

　　梅老板瞟了下人一眼，似乎责怪下人过于慌张，他把白瓷杯里的南壶香老茶一口一口啜入唇间，慢慢咽进喉里，这才开口问道："来者何人？"下人说："小的不认识，貌似城南一带来的。"梅老板起身说："我去看看。"

　　话说梅老板祖传的梅花锁庄，专事锁具的制作，已历四代，梅老板作为第五代传人，将梅花锁的技艺发扬光大，北至京城，南至南洋番邦，都有相当的名声和市场。二十几天前，梅花锁庄新出一款心形锁，梅老板在家门口设下擂台，摆一藤箱，内置一副金碗和金筷子，外面锁上心形锁，诚请天下人来开锁，可以使用任何钥匙和工具，唯独不能破坏性开启，谁能在一炷香的时间内打开，里面的金碗和金筷子尽归于他。擂台一设，远乡近里的开锁好手纷纷前来探个究竟。只见那心形锁正中一朵五瓣梅花,这正是梅花锁庄的标志,除此便无起眼的地方,看起来很平常。本地最有名的开锁世家传人王六指正准备上前一试,他大哥王大耳却是把他拉了回来,说梅老板这心形锁不会这么简单的,你这贸然上去一试,要是打不开,不是丢我们王家的面子吗?还是先回去研究一番再说。大哥的话犹如一盆冷水,让王六指清醒起来,是啊,梅老板既然敢设擂,这心形锁必定很难开,到时打不开,一付金碗和金筷子赚不到手是小事,丢脸还是大事呢。其他高手见王六指都打了退堂鼓,自己更不敢上前一试了。大家心想,梅老板为人精明,这心形锁要是好开,他会赌上一副金碗金筷子吗?说来,大家都是以锁为业,梅老板是制锁,大家是开锁,历来便是一对矛盾,若是开不了,那便只有死路一条。所以,居然没人敢于尝试,梅花锁庄的心形锁每日盼望着有人来开启它。

梅老板随下人走到家门口,一看来开锁的人,不由暗暗叹了一口气。这人二十来岁,说来还是他一个朋友的儿子,叫作白丁,自小脑子落下毛病,说话都有些不利索,他来干什么?瞎胡闹。梅老板本想让下人把白丁赶走,但此时门口已围了一群闲人,大家都是来看热闹的,有人还开始起哄了。梅老板思忖一下,还是和颜悦色对白丁说:"你是来开锁的吗?请——"

白丁咧嘴"嘿嘿"了两声,走上前用手抓住心形锁,摇了一下,嘴里喊了一声:"开。"突然啪的一声,那心形锁居然自动打开了。在场围观的人无不惊讶地叫起来。

梅老板对白丁拱手道:"这箱里的金碗金筷子归你了。"

白丁愣愣地说不出话来。周围的议论声和惊呼声几乎把整条街淹没了。梅老板摆手示意大家安静下来,缓缓开口道:"各位乡亲,其实这心形锁还不是成熟的产品,无非是前期的试制品,只要摇动、触碰就能打开，为什么众多开锁高手不敢来开它呢？这是因为他们心里有一个'锁'。心里有'锁'便打不开，只有心里无'锁'，才会所向披靡。"

所有的声音全都静下来了。

他会回来

1

午后暖洋洋的阳光像披开的金色绸缎，平静中闪耀着光芒。老太太坐在树荫下的老藤椅里，她眯缝着眼，不一会儿就睡着了，悄无声息地缩着身子，把身子越缩越小，像一只困倦的老猫，习惯地蜷起身子。

对老太太来说，午后冗长的时光正适宜沉睡。也许是上天的关照，在她度过动荡不安而又颠沛流离的大半生之后，她有足够多的时间可以绵绵不息地睡觉，似乎要把过去遗失的睡眠翻倍地补偿回来。

阳光漏过树叶，在老太太身上洒下一片片斑驳的光影。她布满褶皱的脸在光影的映衬下，便显得神秘和诡异。

那边传来了一阵脚步声，老太太立即警觉地睁开眼睛，软绵绵的身子里像是装着弹簧一样，往上弹了一下。

原来是女儿，几乎是蹑手蹑脚地走过来，可是任何细微的动静都能够把她惊醒。

她惊讶的眼光在女儿身上挂了一会,这才垂落下来。

女儿有些疑惑,即使是在睡梦中,母亲对外来的脚步声也这么敏感,这分明是在焦灼不安地等待着什么。女儿想起自己当年恋爱时,她住在工厂的学徒工宿舍里,一到了约定见面的日子,整天心里怦怦直跳,他的脚步声刚刚从路口响起,她的耳朵就能够神奇地捕获到。不用说,这时心跳得更厉害了,几乎要从胸腔里撞出来。莫非、莫非母亲还在等待着"他"? 对母亲来说,"他"曾经是生活的全部,也是整个的世界,对她来说,"他"却只不过是一个模糊不清的符号,当年"他"被抓到海峡对岸的时候,她还在母亲的肚子里。她曾经听母亲无数次地喃喃自语:他会回来……

"妈,这几天还好吧?"

"好……"

"吃得下吗? 胃口怎么样?"

"好……"

"睡眠好吗?"

"好……"

她知道母亲什么都好,只有一个不好,就是对外来的脚步声过于敏感了,越到晚年越容易从脚步声里惊悸地猛醒,这到底是为什么?

她在母亲面前的小凳上坐了下来,就像小时候,她喜欢像小狗一样依偎在母亲的脚边。那时候,母亲给她讲故事,现在是她陪母亲闲聊,漫无边际地说着话。她发现母亲的头微微歪着,已经入睡了,她只得轻手轻脚地起身离开养老院……

2

回到自己的家里,她看到女儿坐在电脑前,一手握着手机在打电话，一手在键盘上噼里啪啦地打着字。

她的眉头一下皱了起来。

"老公，我不和你多说了，就这样吧……"女儿握着手机说，另一只手快速地打出了一行文字：老公，好想你啊！

女儿刚从职大毕业，找了一份工作，还没干上半年就辞职了，最近天天泡在电脑前。当她第一次听她打着手机喊着老公时，她惊呆了，还没听说她有男朋友，怎么就有"老公"了？

没想到女儿白了她一眼，说："老妈，你也太老土了，都什么年代了，只要我高兴，任何人都可以喊'老公'。"

她瞠目结舌，不知该怎么回答。

"好了，我正忙呢，老公。拜拜。"女儿挂断手机，扭头看了母亲一眼，又低下头去，手指头像是枪口一样喷射出一串串声音。

"我说，你到底有几个'老公'？"她忍不住问道，声音里带着长辈的苛责。

女儿又偏起头，眼珠子转了一下，说："太多了，数不清。"

她气急败坏的，想要发作却感觉身上没有力气，只得悻悻地回到自己的卧室。坐在梳妆台的镜子面前，她几乎不敢看里面的人。这个满面憔悴又有着满腹辛酸的人就是自己吗？想起当年，也曾经和现在的女儿一样青春，一样鲜艳，可是风吹雨打，所有美好的岁月都凋零了……

她拉开抽屉，里面是一张被针刺得辨不出形影的黑白相片，那上面布满密密麻麻的针眼，像蜂窝一样，谁也看不出这是谁。只有她内心里明白，就是这个人影响了她一生的幸福，她曾经为他心跳，为他奋不顾身地献出一切，最后却像一团抹布一样被他扔掉。许多年来，每当她黯然神伤的时候，就要拿起一根针，在相片上扎一下。她内心的郁闷似乎就从那细小的孔里发泄出去了……当年，他离家出走时，女儿刚刚三岁，这么多年过去了，她的心头仍旧堆积着小山一样的仇恨。也许当她像母亲一样老了的时候，她就不会再有恨了，谁知道呢？爱情这东西，谁也说不清楚。

隔壁女儿的手机又响了，是一首她常常听到的觉得非常讨厌的流行歌曲。女儿又老公老公地叫了起来。她拿起针往相片上扎去，突然尖叫一声，原来是不小心扎到了自己的手背上……

"老公，你真是太好啦！"女儿又兴奋地对着手机大叫起来。

3

老太太坐在藤椅里溘然长逝。得到消息的她急匆匆地赶来，当她快走到母亲的面前时，突然放慢了脚步，因为她想起母亲一生都在期待着一个脚步声，不忍惊醒她……

她的脚步慢下来了，但她还是惊奇地看到，母亲睁开眼睛，朝她看了一眼，看清来人之后又合了起来。

我爷爷一生的三个片断

1

那年冬天第一次下雪之后，我爷爷就病倒了。天气一天比一天冷，我爷爷的病情一天比一天重。但是他从不呻吟一声，时常打起精神靠在床板上，和前来探望的亲友闲扯聊天，神情泰然自若,语调平静,很难看出是一个病榻上的老人。

入春了,我爷爷的病情似乎有所好转。那天,有几个山后坂的亲戚来看他,都说他的精神状态看起来不错,说得他眼眯眯地满脸腼腆的笑意。

这天傍晚,我爷爷突然对我奶奶说:"晚上山后坂那边演电影,你带孩子去看吧。"

那时,演电影是一个村子的大事,周围十几里的人家都会扶老携幼赶去看。我奶奶也算是个电影迷,但她怎么放心得下久病的爷爷?

"去吧,我没事,你看我这几天不是好多了吗?"我爷爷说。"你们这大半年够累的,去看个电影,算是犒劳一下眼睛,我在床上睡一觉,你们也就回来了。"他费了好多的口舌,总算说动了我奶奶。

再说我们走到三公里外的山后坂,发现这里根本就没放电影,大腿一拍说:"这老头子,又骗人了。"

母子俩急匆匆赶回家里,我爷爷穿戴一新,笑眯眯地靠在床上,用一种慈爱的眼光迎接他们。

我奶奶一看我爷爷穿上了准备过世后穿的寿衣,心里又气又好笑,最后只是轻叹一声说:"你呀你……"

"拖累了你一辈子,这大半年又像孩子样让你照顾,我心里很过意不去,这最后一次穿衣就不麻烦你了。"我爷爷说。

这天深夜,我爷爷安详地离开人世间。

2

我爷爷从集美师范毕业后,在马铺小城教书,他爱看鲁迅、巴金等人的著作,爱议论时政,被当作共产党人,受到特务的秘密跟踪,有一次还差点被抓进监狱。有一次,我爷爷和一个同乡好友喝酒,那好友对他说,像你这样时常被怀疑是共产党,多累呀,干脆就入个国民党吧。那天,我爷爷喝得有些多了,稀里糊涂就点头同意,签名入了国民党。

从此,没人找我爷爷的麻烦,但更大的麻烦来了。像我爷爷这样有历史问题的人,自然就成了反革命分子,革去教职,发配到乡下劳动改造。

那时,是生产队的集体化劳动,最重最脏的活儿总是落到我爷爷头上,他也不敢吱声,谁叫自己成分不好呢? 还是赶紧干活吧,一旦完不成,免不了要被抓起来批斗。

那天生产队长给我爷爷派了一项重活,两天内把村后那块荒坡翻一遍,准备种番薯。那些天我爷爷有点发烧,身上软绵绵没几两力气,他一听到生产队长下达的死命令,头就大了,那块荒坡杂草都有半人高了,土壤硬得像木板,别说他一个人,就是十个壮劳力,三天也挖不出可以种番薯的地。

那天晚上,我爷爷坐在门槛抽着自己卷的烟,好像很清闲一样。我奶奶说了,她要帮他去挖地,把我父亲也叫上,能挖多少算多少。

"我不用你们帮。"我爷爷冲我奶奶笑了笑。

第二天一早,我爷爷扛着锄头出门了,却没往荒坡上去,而是走进了大队部。他把锄头靠墙放好,一走进贴满标语的书记办公室,便态度诚恳地说:"书记,我来交代,我前几天忘记交代了……"

原来前几天,大队根据阶级斗争新动向,召开一次批斗会,要我爷爷这样的四类分子进一步交代罪行,交出所有的反革命证据,比如过去的房契、地契,等等,哪怕一块巴掌大的民国报纸也是罪证。那时,我爷爷没什么好上缴的,被人在大队部多关了一晚上。现在好了,他主动来交代了。

"我,我有一包反革命报纸,埋在那块山坡上,我忘记是哪个角落,反正就在那块山坡上,我坦白……"

大队书记一听,这可是重大情况呀。他立即召集二十几个强劳力,带上锄头土锹,浩浩荡荡直奔那块荒坡。这群人乒乒乓乓就挖了起来,书记指示掘地三尺也要挖出反革命的物件,大家便干得格外热火朝天。

从早上挖到太阳下山,整块荒坡全翻过了一遍,可是一块纸片也找不到。书记有些奇怪了,紧紧盯住我爷爷。

"可能……"我爷爷有些不好意思地笑了一笑,"时日这么久了,那些反革命物件早就溶化了,变成土了……"

身先士卒的书记累了一天,黑着脸瞪了我爷爷一眼,气鼓鼓地走了。

就这样,我爷爷一天就完成了队长派下的本来不可能完成的任务。

3

据说我爷爷在娘肚子里比别人多待了半个月,他似乎是不愿意来到这个人世间。

那天,我爷爷的娘照样下地干活,因为肚子里依然没有什么动静,可是天快黑时,她的肚子突然痛了起来。那时她已经生过三个孩子了,知道这是怎么回事。她痛得大汗直冒,不由一屁股坐在了地上。大约一袋烟的工夫,孩子生下来了,却是不声不响。她心里叹息了一声,用一件褂子把孩子包起来,放在田埂边上,独自走回了家。

我爷爷的娘回到家里，对我爷爷的爸说，她在地里生了个孩子，一生下来就死了，让他去把他埋了。

我爷爷的爸没说什么，勾着头就出门去了。没过多久，他就抱着一个啼哭的婴儿，兴冲冲地跑了回来，他一边跑一边说："他没死，他还活着！"

大家都说，我爷爷的命是拾来的，就给他取名叫作拾来。

其实，哪个人的命不是被人拾来的呢？

夫妻气象学

他是学气象的，她是学新闻的，仅从专业来看，牛头不对马嘴。但是，正如某个大人物说的，世间万物都存在着千丝万缕的联系。他们之间最重要的两条关系就是，他的一个高中同学是她的大学同学，她的一个表弟是他一个室友的朋友。于是，他们就联系上了，然后就恋爱上了。

毕业后，他们就一起来到了马铺。郑立进了马铺气象台，杨洁分配到《马铺日报》，都是专业对口，皆大欢喜。

故事的开头就是这么平庸：他们结婚了，两个人忙工作、忙事业，一晃几年过去了，忙得顾不上生孩子，倒是职位在忙碌中一再升迁。郑立当上了气象台副台长，杨洁也成了新闻部副主任（说明一下，主持工作哩）。

这几年，天气变化反复无常，开始变得很有些小人的味道。杨洁也不知从哪天开始，形成了出门前向郑立问天气的习惯。

"哎,你说今天会不会下雨呀?"

"我们台预报是,今天天晴,不会下雨。"

结果是,杨洁没带雨具就出门了,采访途中被一阵突如其来的暴雨浇了一个淋漓尽致。

"哎,你们台好像预报今天要降温?"

"是呀,强冷空气来了,今天可能降温5到10度。"

杨洁在出门前犹豫了一下,还是脱下那件薄薄的裙装,穿上了报社统一发的厚厚的西装裤子。结果来到办公楼里,人家都是花枝招展的春天,她却是一身暮气沉沉的严寒,好像刚刚从西伯利亚出差回来。有小姐妹调侃她说,嘿,肯定是你气象台的老公告诉你了,今天要降温了。她社论般地说,是呀,今天要降温。可是一上午艳阳高照的,到了中午在报社用餐时,有男人都脱得只穿着背心,她却还是厚厚的一身呢装,身上流出的汗水都快成一条泥河了,但她心里还是默默地期盼着奇迹的出现:突然乌云密布,天色转暗,冷风从天而降,那些轻装短打的人们一个个冷冷地哆嗦起来,这时她就可以趾高气扬地在大家面前幸灾乐祸了。降温了是不是? 多穿衣服不感冒,你们就等着回家吃药吧! 然而,奇迹一直到太阳下山了也没出现。那天的结果是,她快闷成罐头鱼了。回到家里,杨洁气鼓鼓地脱掉外套,摔在床上,嗔怪郑立道,都是信了你的预报,什么今天要降温,害我穿得这么多,人家还以为我脑子发烧了。郑立一声轻叹,说天气是变化无常的,预报嘛,差错总是难免的。杨洁从鼻孔里哼了一声,显得很轻蔑地说,难怪现在的人都不相信你们马铺气象台的预报,说你们不是天气预报,而是天气竞猜。郑立一听也不高兴了,感觉到职业的尊严遭遇了忍无可忍的损害,愤愤不平地反击说,你们那报纸也好不到哪去,上次某某领导来马铺视察,明明是个阴沉沉的日子,你却写成"春风浩荡,阳光明媚"!

两个人就这样因为天气的缘故陷入了一场冷战,而此时的天气,却是一日比一日暖和。马铺气象台说了,今年春节将是个暖冬。《马铺日报》也说了,气候变暖是个全球性现象。临近春节,开始有点春天的气象了,偶尔有春风徐徐拂面,两个人的冷战也结束了。杨洁在商场看上了一件貂皮大衣,她几次做梦自己穿上了这款新颖的貂皮大衣,显得多么高贵华丽,她决定把它买下来作为今年的过年新装。

但是郑立强烈反对,反对的理由非常专业,他说:"今年过年马铺将持续高温,预计在8到18度之间,你那貂皮根本派不上用场的!"

"我早就不信你那气象竞猜了。"杨洁撇撇嘴说。

杨洁把心爱的貂皮大衣买回了家,她想,今年过年,她将是全马铺穿得最华贵、最得体的女人。谁知,春节到了,马铺果然是天天暖洋洋的,像夏天一样,杨洁的貂皮大衣实在无法穿出来向马铺人民展示,这使得她心情郁闷,感觉到老天是有意在为难她。偏偏这时,郑立又风言风语的,时不时来一句,你的貂皮怎不穿啦? 可能晚上会降温啊。

一连几天,杨洁对降温终于死了心,这种感觉有点像是对郑立的感情。有一天下午,她突然打车前往厦门机场,搭上飞机飞往遥远的漠河。她的行李箱里装着她心爱的貂皮大衣,毫无疑问,到了中国最北端的漠河,这貂皮肯定派得上用场。

故事的结尾是,杨洁穿着貂皮大衣,一边在冰天雪地里漫步,一边给郑立打电话说,你拟个离婚协议吧。这个故事的结局令郑立有些意外,就好像这些年的气象一样,难于猜测,捉摸不透。

转　椅

　　这张转椅是结婚时买的，当时觉得它小巧玲珑的，不像别的型号那样笨拙，它的靠背不高，正好可以把头枕在上面；下面的滑轮转得挺快的，偶尔把妻子抱起来放在椅子里，用手转一下靠背，它就飞速地旋转起来。在妻子兴奋而又夸张的尖叫声中，他也感受到了一种喜悦，就好像回到了热恋中他们一起坐过山车的情形。

　　但是几年下来，这张转椅老了，座位和靠背的人造革由于老化而开裂，像斑驳的树皮，显得很丑陋；扶手松动了，下面的滑轮也生涩了，整张椅子几乎无法转动，人一坐上去，它就向一边倾斜。有一天，他坐在转椅上发呆，妻子站在门边怒气冲冲地数落着他，他全然没有听见，只是想，这椅子老了，死了。原来任何东西也像人一样，都是有生命周期的。

　　他决定把这张转椅扔掉。

　　第二天上班前，他就一手拽着转椅的靠背上端（那里开裂的皮革正好让他抓得很牢），把它从家里拉了出来。他家在一楼，不多远就是小区的大门了，那里有一个垃圾箱，他就把转椅拉到垃圾箱前面，它的体积比垃圾箱大多了，无法丢到里面去，只能遗弃在一边。

　　他回头看它一眼，像是最后的告别，走了。

　　傍晚下班回家，刚刚走近家门口，他就傻眼了，被他遗弃的转椅靠在铁门上，好像一个孩子可怜巴巴地望着他。他有些奇怪了，是谁把它弄回来的？它肯定不会自己长脚走回来。

他正想把它重新送到垃圾箱边上去，妻子也下班回来了，问，这椅子怎么在外面？他懒得和她说话，就开门进了房间。妻子在后面把转椅推了进来。

第二天，他再次把转椅拉到垃圾箱旁边，看也不看它一眼就走了。

下班回来，他一眼又看见了转椅靠在自家门上，这下他更奇怪了，怎么会这样呢？他一转身，又拽着椅子，像拽着一个调皮捣蛋的孩子，又把转椅拖到了垃圾箱边上。心里有些生气，就踢了它一脚，就像是说去死吧，别再给我回来了。

然而，天亮打开门后，他不由倒吸了口气，转椅又回来了，站在门口，像一个迷途知返的孩子。他突然想，也许不应该把它丢掉，毕竟它在家里也服役了几年。这样想着，他就把它拉进了家门。妻子在卫生间骂骂咧咧的，不知她说的是什么，他不想知道，只是突然间对刚拉进家门的转椅又产生了一种厌恶感。他毫不犹豫，又拉着转椅走出了家门。

小区里还没多少人，甬道上只有几个老人在打拳、做操。他拖着转椅，一路上发出"咚咚咚"的声响，走到垃圾箱前，他想，这回要把它丢得远一些，让它有脚也走不回来。他暗自笑了，它真的会长脚吗？我不信！他拖着转椅走出了小区，小区对面的街道上有一个庞大的垃圾箱，他觉得那里应该是这张转椅的归宿了。于是，他提起这张他认为已经死去的转椅，用力地扔进垃圾箱里，发出"砰"的一声响。他擦了擦手，松了口气，好像这口气憋了很久。

这天在单位里，他感觉心情好像好了许多。可是，傍晚回到家门口,他的心情又变得糟糕透顶了,那张被他扔进垃圾箱的转椅又回来了。

在那一瞬间,他几乎要一屁股瘫坐在地上。

他狠狠踢了它一脚,像是责问一个死皮赖脸的家伙:你怎么又回来了?

椅子当然不会说话,只是发出一声闷响。

他一手把它提了起来,又狠狠地掼在地上。"砰"的一声,就一声,它也不会争辩什么。

天色是渐渐黑了,妻子还没有回来,很多时候她都像影子一样,他进门了,她也跟着进来。他突然想起刚结婚时妻子坐在这张椅子上旋转的情形,那尖叫声又在耳边响起,听起来是那样刺耳,令他有些毛骨悚然。

他又拖着转椅向小区大门走去,他想,这回要把它扔得远远的,亲眼看着装垃圾的车把它带走,让它永远找不到回家的路。他有些发狠地拖着转椅向前走去,看起来,这转椅是得罪他的,他脸上有一种惩凶除恶的快意。

走到小区门口,他听到门房里有一阵吵闹声,他知道那是门卫和他老婆在吵,他们的吵架史由来已久,小区里似乎无人不知。不过他是从不想管别人家的事,他甚至不想听他们在吵什么,但是门卫老婆的声音还是不由分说地灌进了他的耳朵。门卫的老婆说,你想把我扔掉啊?没那么容易。

他蓦地愣了一下。

你想把我扔掉啊?没那么容易。门卫的老婆口沫飞溅地指着门卫的鼻子说。可是他却觉得这句话是对着他说的。他心里咯噔了一下,扭头看了看在地上拖着的转椅,发现那开裂的皮革,好像一张张嘴,嘴里发出一种不屑的声音:你想把我扔掉啊?没那么容易。

这时，门卫的老婆从家里走了出来，看见他拖着转椅，有些诧异，说：还能用的，干吗要扔掉？我帮你捡回去好几次了。

他呆呆地说不出话。

我还给你

东海跑了。

长泰站在他家灶间门前的廊道上，两眼发呆，双脚木桩似的迈不动了。

"他一早就走了，"东海的老婆桃花说，"他是不会和我说去哪里的。"

三个月前，长泰到城里卖了春茶回来，路上碰到做木材生意的东海。东海一副火烧屁股的样子，说："你身上有多少钱？先给我周转一下，利息两分，三个月一次还清！"长泰就把身上的一千块钱全部借给他。昨天上午，长泰在村路上遇见东海，还没等他把话说完，东海便打断他说："我知道，我知道，钱在家里放着，你明天上午来拿吧！"

长泰来了，可是东海跑了。

"他好几个月不和我说话了，"东海的老婆桃花说，"我不知道他到哪里去了。"

长泰知道，东海常常把桃花往死里打，结婚不到一年就差不多打了上百次。有一次事情闹大了，他们还差一点离婚。听桃花那么说,长泰无话,很艰难地咽了一下口水。

"不进来喝一杯茶?"桃花的神情显得有些凄清,她说:"你明天再来看看。"

长泰回去了,第二天他又来了。

"他还没回来,"桃花从灶洞前直起身子,她正在烧火,头发看起来很蓬乱,"进来喝一杯茶吧?"

长泰叹了一声。

第三天,长泰又来到东海家的灶间门前。

"还没回来,"桃花有些慌张地从壁橱里端出茶具,说,"你进来喝一杯茶吧。"

长泰跨进门槛,也没坐,站着喝了一杯茶,走了。

第四天,长泰又来到东海家的灶间门前。

桃花定定地看着长泰,说不出话来,潭水似的眼睛里显出一片幽怨。

"东海到底跑哪里去了?"长泰眉眼间锁着许多焦虑,说,"我真急着用钱!下竹那边有人帮我介绍了一个寡妇……"

长泰的家境和长相一样困难,直到30岁才讨老婆,可是刚半年老婆就被蛇咬死,这样,长泰又继续打了三年光棍,现在总算听说有人帮他介绍了寡妇。

桃花看着长泰,眼睛竟然慢慢漾出水来,在眼角边一闪一闪。"那死鬼,死了倒好……"她忽然低低地抽泣起来。

听到女人的哭声,长泰有些害怕,说:"算了算了,我过几天再来。"

过了三天,长泰又上门来了。

"还没回来?"长泰说。

桃花点点头,脸上又闪起了泪光。

长泰无话了,使劲地抠着指甲里的污垢。

"那死鬼……"桃花简洁地抽泣两声,立即停止,她像是下了很大决心,说,"我还给你好了……"

长泰一惊。

桃花说:"我和他离婚,嫁给你!"

长泰震惊地看着桃花,发现她脸上是一种类似女革命家的非常坚决的表情。

"酒国"英雄

土楼乡家家户户有酿酒的习惯,用糯米和红曲酿出来的酒色彩鲜艳,叫作红酒。自然喝酒的人就多,不仅男人,女人也喝。一般是晚饭后,喝一碗半碗,以舒筋通络,消除疲劳。但真能喝的不多,邱顺昌算一个,号称"酒国英雄",名气很大,连乡长都知道。

昨天过节,邱顺昌从上田姐夫家喝到从坪妹夫家,从早到晚,至少喝了六家,酒气冲天,已经有些头重脚轻。妹夫问他:"要不要歇歇?明早再回?"邱顺昌瞪眼说:"歇啥货?我还没够,我还要到乡政府找杨老开好好喝一喝!"邱顺昌离开妹夫家,一路往乡政府走去。他走进乡政府大院,不辨东西,走着走着,突然往迎面走来的一个人扑去。那人一愣,把他扶住了。

该当邱顺昌走运,那人原来是陶乡长。陶乡长下到他们村时,村主任把他拉来陪酒,他很豪气,一口气喝五碗而只要陶乡长喝一碗,结果陶乡长还是不敢和他斗到底。陶乡长喊来通讯员,把邱顺昌扶到招待所休息。第二天，邱顺昌醒了过来，发现自己躺在公家房里，有些惊诧，断断续续想起昨天醉酒的情节，心想，这下惹祸了。这时，通讯员来了，把邱顺昌叫到陶乡长办公室。

见到陶乡长，邱顺昌很惶恐，看到陶乡长面带微笑，态度和蔼，心里才一点一点踏实下来。陶乡长笑着问："老实交待，昨天喝了多少酒？"

"喝了六家，一家算十二碗，"邱顺昌受审似的一五一十地说，"那总共七十二碗，二十来斤吧。"

"好！"陶乡长突然显得很激动，叫道："很好！"邱顺昌不明底细，一时有些发愣。陶乡长问："想不想来乡里工作啊？"邱顺昌一阵心跳，连忙说："想啊，做梦都想啊，哪里有这样的好命……""你是人才啊，"陶乡长拍拍他的肩膀说，"到乡里来，一个月先给你三百元，视工作成绩再加薪，干好了给你弄个指标转正也是有可能的。"

天上掉下一个金元宝，土楼乡没有谁像邱顺昌这样好的运气。他摇身一变，已是乡政府办公室工作人员，令村里人莫名惊诧，而且羡慕不已，果真喝酒也能喝出名堂？

邱顺昌的工作说来就是陪酒，正是人尽其才。他心里牢牢记着陶乡长的指示：陪上头来、外头来的客人喝个痛快，喝个尽兴，争取把他们灌醉、灌倒。几天来，邱顺昌先后陪了几批客人，可说是初露锋芒，客人很满意，陶乡长也很满意，对他说："好好干，过几天有一批重要客人，个个好酒好斗，全看你的了！"

过了两天，重要客人来了，原来是县农行孟行长一行。陶乡长请他们来看看果园，想磨一笔贷款。晚宴设在土楼乡最好的快乐酒家。上桌不久，孟行长就大发酒兴，提议分派"切磋酒艺"。陶乡长微微一笑，说："奉陪到底。"温热的红酒是一瓮一瓮抬出来的,大家用海碗拼酒。邱顺昌牢记陶乡长行前的指示,果然表现不俗,没多久就把孟行长的四个下属放倒了。孟行长也有些醉意,说:"你能干倒我,我就签字。"邱顺昌心里呼地一阵发热,心想报答陶乡长的时候到了,他越喝越勇,一碗酒一眨眼就完了,嘴巴也不用擦,干干净净。孟行长终于趴在了桌上,抬不起头,嘴里嘟哝着:"来呀,喝一碗加十万……"邱顺昌又一气喝了五碗,陶乡长兴奋地大叫起来:"五十万!五十万!"

这一仗可以说是大获全胜,土楼乡那笔两百万的贷款差不多到手了。陶乡长狠狠把邱顺昌表扬了一顿。又过了两天,陶乡长带三四个人到县农行,准备和孟行长敲定贷款,然后提款回乡。找到孟行长已近下班时间,孟行长说:"中午先较量,下午再说。"陶乡长早知道会有一场恶战,所以没忘了带邱顺昌,他说:"行,我来做东。"孟行长笑道:"你是客人,该我尽地主之谊,如果你们还能把我们放倒,那……"陶乡长看出孟行长笑容里的杀机,心想,我有"酒国英雄",放倒你们还不是小菜一碟?邱顺昌在一边看得情绪振奋,血液奔腾,跃跃欲试。

到了酒店,孟行长说:"城里没红酒,我们喝白酒。"陶乡长手一挥,说:"没事。"邱顺昌一听,心却是一紧,头皮一阵阵发麻。刚上菜,斗酒就开始了。孟行长一个手下向邱顺昌敬酒五杯,以示对上次的回报。邱顺昌喝下五杯,觉得脑袋肿胀,喉咙发痒,突然哇地一口吐了出来……满场愕然!孟行长正色地说:"陶乡长,上次你们肯定作弊,他喝的是红糖水吧?"陶乡长脸色刹时变成了猪肝色,许久说不出话来。酒桌立即冷场了,草草地散了。孟行长对陶乡长说:"贷款的事过一段再说。"陶乡长一脸灰土似的,想说什么,却只是叹了一声。

回乡路上,陶乡长怒气冲冲,直盯着邱顺昌,好像恨不得把他吃了。邱顺昌知道自己出丑坏了大事，低着头，声音哑哑地说："我从来都喝红酒，几乎没喝过白酒，我喝不惯……"

"现在改革开放，比的是综合实力……"陶乡长忽然发现这样说下去扯题了，立即兜回来说，"喝酒也一样，怎能只喝红酒，不练白酒呢?"

"红酒家里一瓮一瓮的，天天可以练，白酒哪里练得起?"邱顺昌委屈地说，"我又不像你是当乡长的……"

第二天，"酒国英雄"邱顺昌就被乡政府解聘了。

短暂的梦

金仁起床拉尿时，天已经亮了，但是他拉完尿，转身又钻入床上那拱成一个洞的被窝里。被窝散发着臭烘烘的热气，他迷迷糊糊很快睡着了，并且很快在街上捡到一大包百元大钞，数也数不尽。这时候，两只老鼠从他脚边唧啾着追逐而过，金仁惊乍地从睡梦中坐起身子。那一大包百元大钞不见了，眼前只是坑坑洼洼的墙壁，一张三条腿的椅子和一只尿桶。

光棍金仁是我们土楼乡有名的懒汉，要么一天到晚死睡，要么没日没夜逛荡，他的兄弟分家之后几年里都盖起了新房，而他至今还住在父母留下的破屋里。金仁有些惆怅地走到家门口，他眯眼看了一阵子天空，忽然看见一架工具车摇摇晃晃地颠来，好像喝醉酒一样。金仁全身一抖，他恍惚看见自己站在县城的大街上发呆，那是三年前他到县城，一架倒着走的小车不由分说撞上他的大腿……

金仁抽脚想要躲进门槛里，但是工具车"嘎"地在他面前停下，把他吓得脚跟都软了。

许乡长从驾驶室跳下来，胖胖的脸上挂满笑容，说："金仁你这懒鬼，今天交好运啦！"

接着下来了几个年轻人，打开车斗的门，就开始把车斗上的东西往下搬，沙发、热水瓶、彩电……

金仁傻愣愣的，只见两个年轻人抬着大彩电跨进他的门槛，一时恍若梦中。

许乡长把金仁拉到一边，手很亲热地拍了拍他的肩膀，说："等下高书记要来看你啦！"

金仁歪着肩膀，结结巴巴地问："哪，哪个高书记？"

许乡长说："原来县里的高书记，现在市里的高书记啊。"

这么一说，金仁就明白了。三年前他在县城被车撞了，那车就是高书记的车。高书记赶潮流在学驾车，谁知功夫还没到家，倒车时就把金仁撞了。听见一声尖叫，高书记急忙下车，把他扶到十几米远的医院，幸好撞得很轻，涂涂红药水就没事了。高书记记了金仁姓名地址，道了歉，最后塞给他两百元。当金仁得知面前这个笑眉笑眼的人就是县委书记，腿脚立即不痛了，心里涌起一种热乎乎的幸福感，不是每个人都有幸被县委书记的车撞到啊。

高书记不久升任市委副书记，这次他下来检查农村"奔小康工程"，走了几个乡，忽然提出明天要专门到土楼乡马坑村马金仁同志家看看。县委冯书记急电许乡长，许乡长一惊：那是一个只吃不做的懒汉，家徒四壁啊！冯书记果断地指示：乡里立即采取灵活措施，无论如何不能给县里的"奔小康工程"抹黑！一大早，许乡长的破锣嗓子便在乡政府大院响起，他叫了一架车，从会议室搬了沙发、彩电，到街上买了贴墙纸，直奔马坑村马金仁的破房而来。

"沙发、彩电在你家放几天，"许乡长告诉金仁，"高书记问起，你就说是去年卖了茶叶添置的。"

"可我没有半丘茶园……"

"反正你就照我的话说，"许乡长打断他，"高书记要是问你存款，你说不多不多，才八千，准备明年翻一番，后年讨个老婆回来。"

"八千还不多啊？"金仁眨着眼睛说，"我后年真能讨个老，老，老婆回来？"

"反正你就照我的话说！"许乡长忽然拧住金仁的耳朵，"你要说错了，麻烦就大了，懂吗？"

金仁连连点头："我懂，我懂。"

乡里来的两个年轻人用贴墙纸把金仁的破墙壁包装起来，犹如给脏小孩穿上新衣裳，上上下下显得亮堂了。金仁看见屋角的桌上蹲着一台大彩电，一个年轻人正在调试室内天线，荧屏上的图像渐渐清晰，原来是一个漂亮的姑娘晃着身子唱着歌。他在沙发上坐下，屁股不小心被沙发弹了起来，瞬间感觉美妙无比。

这一切像是在梦中，金仁觉得身子变轻了，飘飘然就要往上升……

许乡长一帮人来到路口，恭候着高书记的到来。他们的眼睛在简陋的公路上看得一阵阵发酸，却只迎来几架手扶拖拉机。

这时候，许乡长屁股上的大哥大响了。原来是冯书记打来的。冯书记说，高书记昨晚着凉，感冒发烧，回市里去了。冯书记说："高书记要你代他向马金仁同志问好，平常多多关心他。"

许乡长点着头，说着"是是是"，心里大大地松了一口气。他收起大哥大，转头对下属们说："高书记不来了，把沙发、彩电搬回去。"

金仁正如痴如醉地欣赏着电视上唱歌的美女，小腹里一股暖流窜来窜去。有人忽然闯了进来，一下把插座开关拔掉，电视上的美女一闪即逝，金仁尖声地叫了起来。

"叫什么叫？"那人不满地盯了金仁一眼，"从乡里搬来彩电白白让你看了几小时，还嫌不够啊？"

两个人把彩电抬了出去，又进来一个人，很不客气地把金仁从沙发上拉起来，带着讥诮说："软沙发坐着很舒服是不是？"

金仁觉得屁股顿时凉飕飕的，心里像是被戳了一刀，鲜血如注。

许乡长吸着烟走到门边，说："金仁你这个懒鬼，今天便宜你，墙上的墙纸白给你了！"

工具车喷着烟走了。金仁颓然坐在三条腿的椅子上，全身被抽空似的，没有一点力气。前前后后几个小时，完全是一场梦，现在他的梦醒了。他缓缓站起身，把墙上崭新的墙纸一块一块撕下来。呸！金仁朝地上吐了一口口水。

第二天金仁在我们土楼乡失踪了。后来有人说在厦门特区看见了他。他在一个建筑施工地挑砖块，一次挑两百多斤，咬着牙，哼也不哼一声，快步如风。

九死一生

俗　死

　　马铺市兰花协会副会长刘一,在深山老林里觅得一株珍稀兰花,小心翼翼地捧回家中,呵护关爱,其意之真,其情之切,超过当年对新婚妻子十倍。有一台商出价五万,他想也没想,便一口拒绝,并称:"兰花乃高雅之物,用钱论价,太俗!"

　　一日,市领导来刘一的兰圃视察。刘一注意到兰协名誉会长简副市长在看到那株珍稀兰花时眼光亮了一下,便多做了几句介绍,简会长连连点头,赞不绝口。领导走后,刘一心情矛盾而又痛苦,简会长看上了那株兰花,送还是不送? 想了半天,最后想通了,你想当兰花协会会长,你想搞个主任科员待遇享受享受,岂能不"投资"呢? 当天晚上,刘一把兰花送到简会长家里,简会长一边说着"夺人之爱不好意思",一边欣然接受。刘一说:"这兰花不好养,我以后经常来看看。"他想借机和领导多接触。简会长说:"这太好了,有你名师指点,我有信心把这兰花养好。"

　　从领导家出来,刘一欣喜异常。谁知过了两天,他突然接到简会长电话:"那兰花死了,你说是怎么回事?"

　　刘一也不知道怎么回事。

冤　死

　　刘二刚到卫生间,后面就有人跟来了:"刘科,你的电话啊。""什么鸟电话,连我上个卫生间也不放过。""听说是检察院的。"跟过来的人说。检察院的? 刘二心里"咕咚"一沉,急忙回头去接电话。

　　"你是财政局刘二吗? 我是检察院反贪局的,"电话里是个怪怪的声音,"麻烦你马上过来一趟,有些事要询问你。"

　　"什么事……"

　　电话咔嗒挂断了。

　　刘二在办公桌前愣愣坐了许久。莫非……那事捅出去了? 刘二想起昨天在廊道上遇到方局长,方局长陌生人似的看他一眼,手按在他的肩膀上说:"小刘,最近要注意一点啊。"他当时以为是说他在宿舍里聚众打麻将的事,现在看来不是这么回事……难道,真的出事了?

　　刘二神情恍惚地离开了办公室。

　　当天下午,人们发现刘二在宿舍里自缢身亡。大家百思不得其解,方局长说:"这个刘二,唉! 组织上正准备提拔他呢!"

　　公安局来验尸,在他口袋里发现一纸遗书:

　　我挪用公款一百万炒股,无法收回,自知罪不可赦,只有一死谢天下。

　　局里更惊讶了,不查不知道,一查吓一跳,果然是挪用了一百万炒股。看不出刘二平常斯斯文文的,原来……有人说:"上午检察院有人给他打了个电话。"去问检察院,他们没人给刘二打过电话,更没掌握刘二挪用公款的任何线索。

　　那么电话是怎么回事呢? 大家想到今天是 4 月 1 日愚人节,

估计是哪个人和刘二开玩笑。大家都说，刘二死得太冤了。

噎　死

刘三早年在乡间当货郎，挑一担子假货，走村串寨地卖。几年下来，也积了一点本钱，就办了个小厂，香皂、化妆品、汽水、白酒，什么牌子好卖就生产什么牌子的东西。几年下来，腰包鼓了，房子、老婆、孩子就全有了。厂子规模越来越大，刘三雇了一批人日夜生产，他只需拿着手机指挥，到上头跑跑关系，他越来越像个大老板。

因为有关系，厂子虽然屡遭举报，但每次都能化险为夷。刘三放言："这年头除了爹娘，还有什么是真的？真真假假，又何必认真？"此言一出，在制假的同行里颇引起共鸣。一日，孩子生病住院，急需输血，可是血库没血，就决定抽刘三的，谁知血型不对，刘三当下就存了疑心，事后到另一家医院进一步检查，果真与孩子没任何血缘关系。回家揪起老婆，拳头还没揍下去，老婆就坦白从宽了："那时你老往外跑……是村尾魏大义……"刘三想到自己竟然被人塞了个假货，气得七窍冒烟，就去找魏大义算账。魏说："你不是说这年头都是假货，真真假假何必认真？"刘三浑身发抖，一口浓痰涌上来，居然就噎死了。

此事发生在闽南某地，是真的。

假　死

刘四的画画得好，可是卖得不好。最近，刘四想到西藏一趟，急需用钱，就拿了一批得意之作托好友史忠销售。史为他出了一计：假死，也就是说，刘四躲在史家，史到外面宣称刘到西藏写生，不幸遇到雪崩，尸骨无存。刘四知道画市规律，人一死，画价就涨,想想就同意了。

果然,刘四的"遗作"卖了好价钱。刘四便向史索要,史惊讶地说:"你不是已经死了吗? 还要钱干什么?"趁其不备,用一只花瓶结果了他的性命。然后,移尸,埋尸,干净利落,从此安然独享刘四的钱财。

此事据说发生在陕西某市,未见官方报道,有可能是假的。

梦 死

刘五小时候家里很穷,没得吃,就常常做梦梦见吃的。每一次都舍不得睁开眼睛,因为眼睛一开,吃的就没了。后来,有出息了,当官了,天天吃,天天喝,吃喝变成一种负担,也常常做梦梦见吃的,不过这是噩梦,每一次都把他从梦里吓醒过来。有一天,刘五破了个纪录:一天里赶了12场宴会。从最后一场宴会回来,已是深夜两点了,刘五坐在车后座里,迷迷糊糊打着瞌睡,就做了个梦,梦见赴一场宴会,吃呀喝呀,胃在痛,肝在痛,神经在痛,关节在痛,骨髓在痛,肚子在痛,头在痛,突然,"嘣"的一声,肚子胀破了,吃喝的东西全倒了出去,然后他死了,然后一阵轻松舒畅,无比的轻松舒畅。此后,刘五每次赴宴回来,都坐在车里做梦,都不做噩梦了,梦见的是自己的死,轻松而又愉快。有一次到乡下吃喝回来,刘五在车上正做着这样的梦,司机不留神,把车开到了山沟里。就这样,刘五一边梦见自己死了,一边就真的死了。一点痛苦也没有。

烈 死

刘六经过一天一夜痛苦的思想斗争,决定把家里那只祖传的青瓷瓶送给新来的局长。他好不容易了解到新来的局长爱好古玩,心里又高兴又怨恨。高兴的是终于有了与领导套近乎的话题,怨恨的是他为什么不爱好别的,偏偏爱古玩？要知道,刘六这只青瓷瓶可不是一般的东西,传到他手上已有十代,可是……刘六不得不做出痛苦的抉择。刘六把这事同老婆说了,老婆十分支持,说:"一只破瓶子有什么意思,领导喜欢早就该送了,换个官当不就赚回来了？"

刘六用电话和局长说了青瓷瓶的事,局长很高兴。刘六放下电话,准备从玻璃柜里拿出青瓷瓶,就在这时,青瓷瓶摇晃了一下,"哐当"一声,掉在地上,粉碎了。刘六愣住了,他都还没伸手呢……最后他才明白,这青瓷瓶有灵性,像烈女一样,是自杀……

该　死

刘七很迷信算命先生,去年 8 月他算了一卦,说是今年 5 月有一死劫逃不过,他的心一下子凉了。七八天之后,刘七情绪才稳定下来,他想逃不过就逃不过,反正人总有一死,自己在世间混了五十多年了,从穷学生混到了一个副处级,该享受的都享受了,要说够本也够本了,只是……他突然想到要为老婆孩子多留点东西,不然就没机会了。

5 月一点一点地接近了,刘七的身体仍旧很好,坐车没出车祸,到郊外钓鱼也没遭遇谋财害命的歹徒。5 月终于来了过去了,刘七什么事也没有。他松了一口气,有一种死里逃生的感觉。但是 5 月刚过一天,刘七受贿、贪污的事情败露了。坐在牢房里,刘七一想就心惊肉跳,看来算命先生真是没说错啊,死劫就是死劫。

找　死

刘八下海几年,没发起来,反而欠了三百多万元的债。他想,就是把身上百十斤肉剁碎,当金子卖了,也还不清债务,干脆死了省事。所以这几天来,他一直在寻找一种干净利落同时又能给家人带来一点好处的死法,可是几天过去了,他还没找到,看来死也真是不容易。这天,刘八在路边冷饮店里用最后的一角钱买了根冰棍,边吃边想怎么个死法,突然灵感轰隆一声在他脑子里爆炸了。他扔下吃了一半的冰棍,迎面向公路上走去。他想撞车,路边有人看出了他这一苗头,大声喊他停住。刘八哪会听呢,却是快跑起来,向一部急驶而来的大巴撞去。

事情就这样发生了,刘八被撞飞了七八米,可是刘八没死,甚至只是脸部撞青了一些。说来也巧,那大巴是一个枪战片摄制组的车,他们正急着找一个飞车撞不死的替身演员,这不正是想瞌睡就有人送枕头吗? 没谈几句,刘八就决定干了,反正命也是捡回来的,能为正上中学的儿子挣点学费也好。

第二天,刘八就正式拍摄撞车镜头了,导演喊一、二、三,开拍! 一部车飞速而来,刘八迎面撞去,只觉得眼前一黑,什么也不知道了。刘八终于找到了好死的死法,家里人获赔八万元。

敢　死

刘九从小死了爹妈,跟随奶奶过日子,后来奶奶也死了,他就一个人过。一个人无牵无挂,也没人约束,刘九什么都敢干。六岁,撬妈祖庙里的添油箱;十一岁,偷隔壁老罗家的鸡;十八岁,呼朋唤友打群架;二十三岁,开发廊当"鸡头";二十五岁,贷款二十万元搞桑拿按摩中心……天底下没有刘九不敢干的事情,大家都说他"敢死"。你想,一个人连死都敢,那还有什么不敢呢?三十岁时,刘九已是马铺市黑白道响当当的人物,号称"马铺首富",想想真令人感叹,一个人要是敢干,敢为天下先,何愁不富啊。三十一岁时,刘九又上了一个台阶,从银行贷到了一千多万元,搞到了政府的一座大桥工程。大桥建了一半,突然塌了下来,压死了十几个人。上面不得不来查刘九的问题,不查不知道,一查吓一跳,原来刘九到处行贿,骗取贷款,已欠银行一千五百多万元,早已资不抵债。一千五百多万元,刘九真是敢死,不想活了。他确实是不想活了——竟雇了一个杀手,把调查组的负责人杀了。这下刘九也犯了死罪,一听宣判,他就屎尿全拉在了裤裆里。枪决那天,更是眼泪鼻涕齐流,大便小便失禁。看客们直摇头,还敢死呢,原来软蛋一个!

虽死犹生

刘十到外头闯荡了几年,发了财回到村里,就成了村里的老大。他看村委会的房子破破烂烂,一甩手就是两万元:"好好修一下,别让人看了寒碜,我要是当了村委,脸往哪里放啊!"村委们听出了他的话外音,就开会决定推他当村委。刘十也不客气:"行啊,当就当,上头该怎么活动我晚上这就去。"

晚上,刘十骑了摩托车,一溜烟跑到乡里,准备找乡长"活动"。谁知半路上车速太快,一头栽进了山沟里,小命一下就完了。村委会十分悲痛,一致同意他当村委,不过名字上得打一个黑框,并在村委会给他留一张办公桌,同时,在墙上给他挂一张相片。大家感叹着刘十给大家的好处,都说:"刘十还活着啊。"

当了先进的狗

杨新华是土楼乡的新闻干事，每天跟在书记、乡长的屁股后面转，不时炮制一篇"书记（乡长）下村视察"之类的新闻，通过关系在《闽南晚报》发表出来，领导们看了挺高兴，把杨新华看作可以培养的好苗子。这一天，杨新华心里寻思着写一篇新闻，可是写什么呢？卢书记在家养病，没有新闻，谭乡长昨天到县里，随县里的一个考察团到外面考察去了，也没有新闻，杨新华快把肠子想断了，还是想不出乡里有什么新闻可写。吃过午饭，杨新华照例来到厕所，谁知也像新闻那样憋不出来。这时，他听到隔壁有两个女人在说话。一个说："昨天马坑村有人被车撞倒在地上，车没停，一溜烟跑了，四周没人，那人直流血，倒是来了一条狗，围着流血的人转了一圈，然后大声叫起人来……"另一个惊奇地问："哎，狗怎么能叫人？"那人说："狗吠个不停，不是把人召来了吗？大家发现有人受伤，连忙送到了医院。"每天上厕所，杨新华总能听到一些七七八八的事，他是不以为然的。这时他听到隔壁又说："听说那是谭乡长的狗。"他不由震了一下，谭乡长的狗，这可是好新闻啊！杨新华对谭乡长的狗是很熟悉的，没想到它见义勇为，这可要好好表扬它一通啊！

杨新华回到办公室里，铺开稿纸，三两下就写出一篇新闻稿——《狗救伤员》，他在文章最后特别强调了一点，救人的狗是谭乡长家养的狗，这是一条思想道德很高尚的狗，据不完全统计，它历年来救人次数已不下十次。杨新华把新闻稿传真到了报社，又特地打了电话交代当编辑的朋友，请他多多关照。第三天，杨新华的新闻稿一字不改地在报纸上发表出来了，在土楼乡引起了轰动效应。这时，乡里正好得到县里一个"见义勇为先进分子"的名额，本来不知评给谁好，这下，几个副书记、副乡长心里都有数了：就评给谭乡长的狗！可是一条狗怎么当先进分子呢？大家变通一下，就用了谭乡长的名字。

谭乡长从外面考察回来，听说自己的狗当了县里的见义勇为先进分子，觉得大家真是胡闹，心里把杨新华臭骂了一顿，可是公开场合却不便发作，因为那天开车撞伤人的正是自己。不久，电视台来采访他了，面对着摄像机，他头上冒出了好几排虚汗，好不容易才镇定下来。他当然不能说是自己的狗，只能说是自己开车路过发现有人被车撞伤，怎么怎么见义勇为。电视节目播出之后，土楼乡就更轰动了。

这一天，谭乡长在办公室里闲着没事，把杨新华写的那篇新闻找了出来，接连看了几遍，想起昨天上电视的事，觉得这玩意儿不经意间给自己带来了政治资本，真是"坏事变成了好事"。这时，有人敲门，谭乡长说"请进"，话音未落，门就被推开了，谭乡长一看进来了两个人，其中一个人头上扎着绷带，脑子里不由"轰"的一声，全身就不自在起来。

"谭乡长，你说你见义勇为，你认识他吗？"年长的那人指着头扎绷带的人问谭乡长说。

"我，认识，不，不认识……"谭乡长突然变得有些结巴。

"那天撞倒我的人是谁呢？我看着面熟，要是昨天不看电视，我还不知道是你啊！"那个头扎绷带的人指着谭乡长，愤愤地说，"你开车撞了我，一眼也不看就跑了，倒是一条狗救了我，现在你反过来说是你'见义勇为',你真是撒谎不用打草稿啊！"

"救你的正是我家的狗,反正……我,我家的狗……都一样……"谭乡长好不容易憋出了一句话。

"怎么一样呢？你还不如你家的狗。"那个人大声地说。谭乡长脸色一阵煞白,不知说什么才好。

骂人更值钱

老齐搞了将近十年的文学,大大小小的作品发表了上千篇,也出过了两本书,他觉得自己的成绩不算小了,可就是没什么名气,这使他一直很烦恼。这些天,他越想越上火,脸上都长出了年轻人才会有的红疙瘩。这天,多年不见的老朋友老李突然来到家里,听说了他的情况,开口就数落他："你也真是不开窍,不会找钱老给你搞一篇评论？晚报、省报先发表一下,再拿到别的刊物上发一发,你不就出名了吗？"

老齐心想,说的也是,钱老是全国著名的文学评论家,理论界权威,他要是肯写文章称赞你,你不出名才怪呢,至少也在圈子里走红,但是问题是,钱老会轻易为人写文章吗？老李说："钱老当然不会随便给人写的,都什么时代了,他才不傻呢！我听说,钱老是根据用词的分量轻重收费的,比如,他说'老齐的作品是几十年来中国文学的巨大收获,是具有里程碑意义的经典精品',收费一万二,要是他说'老齐的作品实在不可多得,是近年来中国文学的杰作之一',收费一万,如果是说'老齐的作品是今年中国文学最优秀的作品之一'，收费八千。我说你呀，也别吝啬那几个钱，你要是出名了，那可是无形资产啊。我邻居老王的老婆正好在钱老家里当保姆，我可以帮你通通门路。"老齐想了想，一咬牙说："那我就搞一篇八千的吧。"

老齐通过老李，而老李又通过邻居老王的老婆，总算间接地找到了钱老，送上自己的两本书和几篇文章的复印件，还有一只八千元的红包。

十几天之后，老齐突然在晚报上看到钱老的一篇文章，一下子呆住了。文章的题目赫然是《无耻而糜烂的写作——评老齐的作品》，通篇文章充满嘲讽、漫骂，把老齐的作品批得体无完肤，一无是处。老齐心想，我花钱可不是请你来骂我啊，这不是太欺负人了吗？老齐一气之下，也顾不上什么了，就直接找到钱老家里讨个说法。

钱老好像有些耳背，问了三次才搞清楚老齐不是"老徐"。老齐斗胆地说："钱老，你太过分了吧，把我的作品——"

"对了，我想起来了！"钱老突然一拍大腿，打断老齐的话说，"我把你和老徐搞混了，没有捧你而是骂你，按照行情，你还得补交七千元。"

"骂我还要我再给钱？"老齐几乎跳了起来。

"难道你不知道吗？现在评论界骂人更值钱，我骂人一次，最低收费是一万五，你托王妈才拿来八千，所以还要补交七千，"钱老说着，和蔼可亲地拍了拍老齐的肩膀，"被我骂过的人出名快，影响大，我这收费实在不高呀！要不是搞错了，我还不想骂你呢！"

老齐怔怔地想，也许钱老说的也是，只要能出名，再花点钱也是可以的。但他还是有些不放心，便问钱老："被你骂了，真能更快地出名吗？"钱老高声地说："这还用问吗？ 王二、张麻被我大骂了一顿,现在不是天下闻名吗? 不过,我还有个让人出名更快的秘术,收费高了点,还不常用,效果绝对的好。"

"请问那是什么秘术?"

"就是请我和你打官司,到法院告你毁谤侵权之类的,收费五万,你若有兴趣,给你打八折优惠,只收你四万好了。怎么样? 想以最快的速度出名吗? 只收你四万!"

老齐大眼瞪小眼,不知说什么才好。

请你洗脚

如果是在家吃晚饭,苏果总是放下饭碗就叼上牙签出门了。美其名曰,散步,既锻炼了身体又躲避了家务,一举两得。

从小区走过去,有一条较僻静的小街,再往前走,有个新建的音乐广场,周围是新兴的购物、休闲地带。苏果一般就走到这里为止,调头回家,或者转身往其他地方走去。

这天和平常有所区别的是,他正准备走回家时,柯布叫住了他。柯布在同一幢楼里办公,两个人谈不上交情,却时常有联系。"晚上做什么呀?"柯布问。"没做什么,准备回家了。"苏果说。柯布过于亲热地走上来,手像老朋友一样地搭在他的肩膀上,说:"走,我请你洗脚。"前几年,朋友间流行请洗头,最近则是请洗脚,小城里的大街小巷散布着许多洗脚屋。"不要了吧?"苏果说。"没事,我请你。"柯布说。

故事总是在不经意间发生的,这个故事也不例外。柯布带着苏果来到了一间叫作"小香港"的洗脚屋，看起来他像是这里的熟客，一进门便问 7 号和 12 号有没有在，得到肯定的答案之后，对苏果暧昧地挤了一下眼睛，说："7 号包你满意。"两人进了一个灯光朦胧的房间，躺在床上，聊了会儿机关里的新闻和小道消息，两个姑娘端着两桶水进来了。柯布对第一个姑娘说："你给他洗，把我老大洗舒服一点呀。"这个便是 7 号，看起来有些姿色。

柯布的左脚还没洗好，他的手机响了，只听了会儿便慌乱地站起身，对苏果说："我老爸心脏病突发，叫 120 送医院了，我得马上过去，你就继续洗吧，我先走了。"苏果从床上坐起身，说："那……你先走吧。""说好我请你的，不好意思，我先走。"柯布说完，急匆匆地走了。苏果重新躺了下来，安心地让 7 号捏着、搓着他的脚，有一种快感从脚上传送上来。

两只脚都洗得差不多的时候，苏果有点色眯眯地盯着 7 号问，这里还有什么服务吗？7 号反问，你要什么服务呢？苏果笑了一笑，7 号端着水走出去了。这时外面传出一阵骚动，还是苏果的耳朵厉害，一下听出警察的声音，他惊慌地跳起来。"手抱头，站好，检查！"那警察的声音就在廊道上了。苏果急了，推开窗户一看，天助我也，这就是临街的窗口，最多只有两米高。他"霍"地翻上窗户，一下跳了下去，还好，落地时还是站稳了，他不敢犹豫，拔脚就往前跑去。

跑到了安全地带，苏果就感觉到右脚出问题了，一阵火辣辣的疼痛让他差点叫出声来。看来是扭伤了，倒霉呀。他心想，怎么柯布刚走一会，警察就来了呢？这不是柯布在设套害我吧？他找不出柯布害他的理由，不过，人心隔肚皮，谁知道呢？苏果一瘸一拐地走回家，心里对柯布充满了极大的不信任。这天晚上，他梦见柯布拿着刀在后面追他，第二天醒来，不由心情复杂。

一连两天，苏果都没在大楼里碰到柯布，本来每天上下班，至少会碰到一次的。第三天下午，苏果被有些事拖住了，晚了许久下班，他一个人正要关上电梯，有人急匆匆地挤了进来，一看是柯布，他的右脚又疼痛起来了。但是柯布似乎忘记了那天晚上洗脚的事，只说了几句无关紧要的话。两人出了办公楼，便向两边的停车棚走去。这时，苏果突然叫住了柯布，说："晚上我请你洗脚。"柯布笑了一下，说："不用吧。"苏果说："没事，我请你，8 点到金谷路的'老地方'。"

"老地方"的洗脚挺有名，据说它还有许多特色服务。晚上 8 点，柯布如约而来。两个人进了房间，各点了一个洗脚妹。刚洗了一只脚，苏果突然从口袋里掏出手机，喂喂地喊了两声，便起身拖着拖鞋往外面走去。过了会儿，他进来了，很抱歉地告诉柯布，他家里有急事，得马上走了。苏果说："你安心洗吧，我先去买单先走了。"他穿上鞋子，救火一般走了。

其实苏果并没有走远，他只是走到"老地方"对面的一座公用电话亭子，这里光线暗淡，适宜隐蔽。他拿起 IC 电话，向公安局举报"老地方"303 房间有人卖淫嫖娼。打完了电话，苏果就躲在亭子后面，睁大眼睛看着"老地方"的大门口，准备看好戏。

大约三分钟后，柯布走出了"老地方"。苏果觉得奇怪了，按说他的脚至少还要洗二十分钟，怎么就出来了？这时，两个、三个、四个，"老地方"像只大嘴，不断地吐出人来。这些人一出来，就迅速地上车离开，或者坐上摩托车，呼啸而去，像一摊水一样，瞬间消失得无影无踪。就在苏果诧异的时候，一辆警车慢吞吞地开到了"老地方"门前，下来三个警察，往里面走了进去，不到一分钟又出来了，然后上车走了。苏果的心一下就凉了。他明白了，这"老地方"上面有人，他本想报复一下柯布，没想到让他赚便宜了。

　　第二天上班,苏果在卫生间遇到了柯布,柯布看了旁边没人,压低声音对苏果说:"昨晚差点出事了,不知哪个人向公安局举报,好在老板上面有人,马上通知我们走人。"苏果"哦哦哦"几声,心里骂着"小香港"的老板,也太没能耐,那天居然让警察查了,害得自己惊魂落魄地跳窗逃跑,还扭了脚!这天晚饭后,苏果按惯例又出门散步,路过"小香港"洗脚屋时,发现它灯光暧昧,照常营业,便走了进去。吧台的经理立即绽放笑脸招呼:"先生洗脚呀。"苏果看了她一眼,把手搁在吧台上,像弹琴一样弹了几下,讥诮地说:"你们这也太不安全了,洗个脚也让警察查了。"经理连忙说:"不可能呀,我们是正规洗脚,警察根本不会查。"苏果哼了一声,说:"不会查? 上周四晚上警察不就来了?"经理满脸笑得只剩下一张嘴,说:"你说上周四呀? 那是一个喝醉酒的客人,假冒警察开玩笑的,他喊着我是警察,检查什么的,害得几个客人跳窗跑了……"苏果心里不由暗暗吸了一口气,原来受惊吓的不止我一个人呀。他转身要走,经理突然叫住了他,说:"我记起来了,那天你也是跳窗跑了吧,你还没买单呢。"苏果一下愣住了。

谦　虚

　　上学第一天,他的耳朵被母亲轻轻拧住。

　　"你要谦虚一点!"这是母亲的告诫。

　　他委实不懂得"谦虚"是什么东西。后来,课文里学到毛主席的语录:谦虚使人进步,骄傲使人落后。"你们要把这句伟大的真理刻在心坎上。"老师说。

他总算知道了一点,"谦虚"是一种好东西。

老师见到学生,连忙陪出笑容,正经地、谦虚地说:"向革命小将学习!"

学生下乡支农,到了田头便谦虚地连连呼喊:"向贫下中农学习!"

他感觉到,原来谦虚像空气一样,是必不可少的。

后来,他下了乡,把"谦虚使人进步,骄傲使人落后"抄在纸上,贴在案头当作座右铭。后来,推荐上大学时,都说到了他,这孩子谦虚,好!

于是他就上了大学。在大学收到父母亲的第一封信,信中写道:……在各种讨论会上,你都要争取发言,但不能抢在前面三个,最好在第五个发言。首先要讲伟大领袖如何英明,形势如何大好;其次讲学校领导如何正确,成绩如何巨大,最后联系自己,讲讲自己怎样受到教育,态度一定要非常谦虚……

后来,他毕了业。本来分配在县里,他赶忙跑去谦虚了一遍:"我不行……"便被分配到乡下。

后来,乡里得到上头指示,重视提拔知识分子干部云云,都提到了他,这小伙子谦虚,好!

于是他就当了副乡长,本来他是要谦虚地辞掉的。辞不掉,只好当起来。他常常说:"我没什么能耐,都是党的开放政策英明,书记乡长领导有方。"书记乡长心里便很高兴。

后来,他恋爱结婚了。他说:"我不行……"新娘子心中惊颤。后来才知道虚惊一场,他不是不行,他是凡事都要谦虚一番的。

后来，选拔县长，都提到了他，这年轻人谦虚，好！

于是他就当了县长，他知道，老同志们，最看重他的谦虚。他说："我确实没什么才干，既然让我当了，我就一定要当好，把我县经济搞上去！"掌声顿时雷动。

处理文件、做报告、下乡蹲点、外出参观学习……他勤勤恳恳，夜以继日。都说，县长啊，为了我县的经济发展，把人都熬瘦了。终于，有外商来洽谈投资事宜了。他说："敝县条件差，人才奇缺，交通不便，通信落后……"

话音未落，外商害怕艾滋病传染似的跑了，他第一次对谦虚产生了困惑。

后来，他谦虚地提出了辞职。这年头，只有争官，哪有辞官？全县朝野"哗"地惊动了，大家猛然想到，这样的官多难得！

于是，不但不肯他辞职，还选他连任。

再后来……

河东河西

河东、河西是土楼乡河字辈的堂兄弟，三十年前，他们还是十几岁的小伙子，一起进城当了工人。河西是个机灵鬼，能说会道，还写得一手好字，没几年就调到主管局当了干部；河东天性木讷，觉得在厂里当着工人，风吹不到雨淋不着，已是几辈子修来的福气，不敢再有什么奢望，只知道使力气干活。后来，他们先后成家立业，娶妻生子。虽说同住一座城市，又是同一系统的人，但是，由于工作上的关系和性格上的差异,两个人的来往并不多,有时候一整年难得见几次面。

三十年一晃过去了。这一年,河东厂里实行改革,一下子裁减一半的工人。在公布出来的名单里,河东看到自己的名字,脑子里不由"轰"的一声。他晕晕乎乎回到家里,面对桌上的饭菜,像个木头人似的,半天也不会动一动。河东的老婆十年前因工伤病退在家,她不解地看着丈夫。河东长叹一声,说:"我下岗了。"老婆一听也愣住了。许久,他们才缓过神来,开始商讨对策。老婆说:"河西不是在局里当副处长吗? 找他说说话,兴许有办法。"河东一向不爱麻烦人,但事到如今,他也只好硬着头皮去找河西了。

河西刚听河东吞吞吐吐说了三句话,就明白他的来意,沉着脸,好像很严肃的样子。河东眼巴巴看着他,期待这位当副处长的堂弟口吐莲花救他一命。河西终于说话了:"你早些来找我,可能还有办法,现在名单都公布了,我有劲也使不上了。"河东心一下子凉了,连嘴里的牙齿都不由发冷,他带着微微颤抖的声音说:"你嫂子病退,这下我又下岗,孩子还在省里念中专,你说……我怎么办?"河西有点不耐烦地说:"什么怎么办? 活人还能让尿憋死?"

河东从河西家里出来,迈着沉重的脚步走回家。一连几天,夫妻俩长吁短叹,不知道这日子怎么过下去。这一天,老婆从市场上回来,兴奋地对河东说:"我看这一带早点摊子不多,生意很好,我们是不是也摆个摊子,卖点稀饭、肉包、馒头什么的?"河东说:"这能挣钱吗?"老婆说:"挣大钱当然不可能,挣点生活费我看还是可以的。"河东点点头说:"能挣口饭吃就行。"说干就干,河东夫妻俩第三天就在万里香小区摆起早点摊子。河东没想到老婆还有一手好厨艺,做出来的肉包、馒头个大、香软,让人看了就忍不住想吃。开张第一天,二十几斤面粉做出来的肉包、馒头还不到七点钟就卖完了,迟来的人只好喝稀粥,一大锅稀粥也很快见了底。夫妻俩几乎不敢相信眼前的现实,收摊回到家里,还有一种恍若梦中的感觉。因为东西好,价格实在,服务周到,河东夫妻俩的早点摊子生意越来越红火。有一天,河东突发奇想,找了一块牌子,写了四个字:下岗早点。他笑着对老婆说:"我这也是广告促销呢。"

一晃三年过去了,河东夫妻俩的"下岗早点"已经远近闻名,晚报记者还专门做了报道。他们攒了一笔钱,买了一间店面,到工商局正式注册开了一家"下岗餐饮店",再一次成为晚报上的新闻。这新开张的店子不仅卖早点,也经营午餐和晚餐,河东夫妻俩一下子忙不过来,便考虑招聘一两个帮手。河东说:"我们是下了岗才搞这行当,注册的是下岗这名号,招的应该也是下岗的人。"老婆说:"那是。"

"下岗餐饮店"的招聘广告在公共广告栏里贴出来之后,引起不少人的观看和兴趣。当天下午就有两个人到店里应聘,一个人看了看,觉得干餐饮太累,没谈拢;另一个人是老病号,河东担心他影响餐饮卫生,婉言谢绝了他。夜幕降临的时候,店里突然走进一个人,河东迎上前,热情地说:"您请坐,请问您……"这时,河东认出他原来是河西,不由吃了一惊,说:"什么风把你吹来?"好长一段时间不见了,河西的气色显得很不好,只见他一脸憔悴,低低地说:"我是来应聘的。"河东笑道:"你别开玩笑。"河西叹了口气说:"现在干部分流,我上个月下来了,找不到什么活干……"河东心里忽然很有感慨,拍着河西的肩膀说:"好兄弟,没说的,一起干吧!"

苏老板的手提包

苏汉山又回来了，他依然穿着皮尔卡丹西装，扎着鳄鱼牌皮带，脚上是都彭皮鞋，手上提着一只沉甸甸的圣大保罗牌公文包，显得神采飞扬，富贵逼人。

几年前，苏汉山从政府机关辞职下海，成为小城里该年度的热门话题之一。人们不太清楚他去了哪里，在做什么生意，但每次看到他回来都是一身名牌，脸上似乎也是一片光彩照人。有人问他在外面干得怎么样，他总是笑笑说："还行吧。"脸上的表情显得很神秘。

因为老婆女儿还在小城里，苏汉山便时常回来，差不多每次回来，他都要叫上几个老同学、老同事到一间比较好的酒店撮一顿。有时别人说要买单，他便不高兴了，瞪人一眼说："怎么了？你们比我还有钱是不是？单位里那点工资，鼻屎大，我是赚少才下海的，不瞒大家说——"说到这里，他便故意停顿了。于是大家就附和："是呀是呀，你现在发了"，"现在要叫你苏老板了，身份跟我们不一样了"。苏汉山面带微笑，坦然地接受人们的恭维。

这次，苏汉山刚出车站就打电话给张欣，听说几个高中同学提议开一个同学会，连家也不回，就先赶到张欣家里，豪爽地说："好呀，开个同学会，所有费用我来出。"

"到底是苏老板啊，气派！"张欣赞叹道。

苏汉山摆了一下手说:"这有什么?用不了几个钱。"他把手上的提包从左手换到了右手,接着说:"钱再赚就有了,同学可不会再有了。"

张欣感觉他的提包太重了,想把它接过来放在沙发里,但苏汉山一手挡住了他,另一手更紧地抓着提包,那神色好像提包里是核按钮机关一样,任何人不得接近。

"苏老板的包,看起来很高档呀。"张欣说。

苏汉山说:"那是,POLO,中文名圣大保罗,一千多块呢。"说着,他干脆把包抱在怀里,像抱着小孩子一样。

张欣说在家里请他吃饭,苏汉山连忙说:"你不用破费了,还是叫几个老同学一起到大酒店去,我买单。"

电话联络了几个老同学,说定时间和地点。苏汉山提着那从不离身的提包,走进张家的卫生间,掏出手机打通了老婆的电话,说:"我回来了,晚上请工行的翁行长吃饭,谈一笔一百万的贷款。"老婆在电话里"哦"了一声,说晚上正好单位会餐,她准备带女儿去。

苏汉山从卫生间出来,便和张欣一起向富丽华大酒店走去。张欣发现苏汉山手上提着包,便建议搭个三轮车,苏汉山说:"我在外面都是开车,回来正好走走路,算是锻炼一下吧。"

到了酒店,几个老同学也陆续来了,大家便分头坐下,苏汉山身边空一张椅子,专门放他的提包。同学们一边说话一边吃菜喝酒,话题主要集中在苏汉山身上,一致认为,他真是一个太难得的好同学了,敢拼,有闯劲,大方豪爽。苏汉山笑眯眯地说:"你们就爱夸我,不就是我比你们胆子大一点吗?一个人走到外面的广阔世界,我感觉只要把握好机会,就能够成功。"

大家点头称是。苏汉山喝了一些酒,脸上都有点泛红了,他起身离座往洗手间走去,手上依旧提着他那沉甸甸的名牌提包,这让大家很奇怪,那包里到底有什么宝贝?时时刻刻不离手。大家便开玩笑地猜测,那里面有一台笔记本电脑、一叠公司报表、几份商业合同、一沓现金、五六张银行卡,还有一本护照,最后张欣笑着补充说:"还有一盒避孕套。"大家都大笑了起来。

苏汉山提着包从洗手间走过来,大家这才止住了笑,但是脸上的笑意还是让他觉察了,他好奇地问:"你们笑什么?"

有人就吃菜喝酒,装作没听见,还是张欣回答了他:"大家说你呢,走到哪都提着包。"

苏汉山把手上的包提起来,掂了掂,说:"这里面的文件太重要了,还有笔记本,上面全是公司的最高机密呀,我丢过一只包,从此之后就格外小心了。"

大家便恍然大悟似的"哦"了一声。苏汉山小心翼翼地把包放在身边的椅子上,时不时用手去拉一下它的带子,就怕有人突然会把它抢走似的。

喝着喝着,有人就有些上脑了,大声嚷嚷地行起了酒令。这时,苏汉山突然看到女儿跑了过来,叫着"爸爸,爸爸",他愣了一下,连忙把女儿拉到怀里问个究竟。原来是她妈妈带她来参加单位的会餐,她吃饱了,就和同来的一个小朋友在大厅里跑来跑去。苏汉山心里"咚"地响了一声,刚才他还骗老婆说晚上要请行长吃饭呢,要是老婆发现他只不过是和老同学在一起,那可不好……

"你回你妈那里去,别说爸爸在这里,爸爸还有正经事要谈呢。"苏汉山对女儿说。但是已经迟了,老婆那边刚好吃完,她径直走了过来。

苏汉山神色突然变得有些慌张,好像做了什么亏心事一样。

老婆看到他时也有点惊讶,不过随即淡淡一笑,说:"你也在这里呀。"

桌上那几个老同学便起哄说:"夫妻在此相逢,你们两个干一杯吧!"

苏汉山连忙扶着老婆的胳膊往旁边走去,对她解释说:"我晚上原本是约了翁行长的,我们准备在凯歌饭店吃饭,但他家里突然有紧急的事,来不了,我就和几个同学到这里随便喝几杯……"

"那你们喝吧,我带女儿先回家,别喝太多。"老婆说。

苏汉山松了口气,掉头往酒桌那边走去,这时他不由倒抽一口冷气,他惊讶地看到女儿正从他的提包里掏出一叠旧报纸,桌上已经放着她掏出来的一本故事杂志、一个手机充电器和一瓶喝了一半的矿泉水,那几个老同学全都饶有兴趣地看着女儿掏他的包,眼里充满了窥视的喜悦。

"你!……"他凶猛地扑过去,把他的提包夺了过来,怒气冲冲地盯着女儿,"小孩子怎么能随便翻大人的包?"

女儿吓得"哇"地一下哭了。桌上的同学们便劝说:"算了,算了,小孩子不懂事,再说也是自己的女儿。"

苏汉山愣愣地看着桌上那些从包里掏出来的东西,羞愧难当。他不敢面对老同学的眼光,名牌提包里的秘密已经公之于众,自己就像是被剥光衣服示众一样。

老婆走了过来,叹了一声,说:"其实,我早知道了,你在外面的公司一直很不景气,最近也没什么业务,大家都是老同学,你在大家面前摆阔有什么意思呢? 你也活得太累了。"

苏汉山脸色发青,像是一摊泥一样瘫了下来……

熟人不行生分礼

下午3点左右，在城里工作的小弟捎来口信，老娘生病住院了。李老师心里很着急，当即包了四斤自家做的上好龙眼肉和几斤茶叶，急匆匆地往车站赶。老娘随小弟在城里住了将近两年了，她的老毛病就是血虚，正好可用龙眼肉补补身子。茶叶嘛，就送给小弟。

下午进城的班车已经全部开走了。李老师被告知六点左右还有一趟过路车。他看了看表，正好三点半，那还要等两个半小时啊。他不由叹了口气。也只好等了。有什么办法？李老师一会儿心急如焚，一会儿又百无聊赖。他在车站四周走了几十个来回，以为该五点了，一看，却只有四点过五分，真是度时如年啊。不行，得找个地方泡杯茶聊聊，这样熬下去太累人了。李老师猛然想到，老婆有个姓钱的远房亲戚最近当了乡长，他的家就在车站附近，他夫妇俩待人都很客气，何不上他家坐坐，把时间消磨掉？李老师提起包寻上门去，没费太大的劲就问到了。

乡长不在，他老婆在，果然很客气。一见面就请坐，泡茶，拿糖点，一派热情洋溢，好像李老师是什么特别尊贵的客人。

"来，来，吃点蜜饯，这还是乡里杨宣委到上海开会带回来的。"乡长老婆笑眯眯地看着李老师，"你有什么事吗？"

"唔，没什么事。"

"你不用不好意思。"乡长老婆很亲切地说。

"没什么事,"李老师吃了一个蜜饯,"我想进城,可是班车都走了,只有六点有趟过路车……"

"哎呀,你来迟了一步,老钱刚刚进城去,一辆车就坐了他一个人。"

"是啊,真不巧……"

"这样吧,我打电话到乡里问问,看看还有没有车进城。如果有,你就可以搭个便车。"

"那,那太感谢了……"

"谢什么?哼哼,"乡长老婆笑了笑,立即打电话到乡里。一问,下午不进城了,明天上午才送赵副乡长进城开会,她扭头对李老师说,"你明天再走吧,明天有便车。"

"不用,不用,我坐六点的过路车……"

"急什么急呀?明天坐便车,也可以省六七块钱的车费嘛。"

"不用了,这个,"李老师看了看,五点三十分,"我该走了……"

"你真是太客气,来办点小事就带了这么大一包东西。"乡长老婆看着李老师放在地上的那个大包。

李老师心头一跳,再也没有勇气弯腰提起那个包,他尴尬地笑了笑,说:"没,没什么好东西,都是自家做的土货……"

"真是的,你啊你,自家人,还送什么东西?"乡长老婆说,"老钱最反对这个了,我说呀,下回来就不用带什么东西啦!"

"没,没什么……"李老师尴尬地笑着,"一点土货,你们尝尝……"

"那,走好啊。"乡长老婆把李老师送到门边,"以后有什么事需要帮忙的,不用客气。熟人不行生分礼啊。"

"嗯,不客气,不客气……"李老师尴尬地笑着,空手走出了乡长家,无奈地叹了口气。

总不能空手进城探病吧? 李老师想,干脆,明早再走,那时候还可以搭乡里的车……

给谭局长送点钱

陈老板拿起老婆交代买的一袋子东西,正准备离开办公室,那部保密的红色电话响了。知道这部电话的都是特殊交情的人,他连忙拿起电话,原来是谭局长。

"谭局头啊,有何指示啊?"陈老板笑着问。他和谭局长的交情不是一天两天了,当面总是逗乐地叫他"谭局头",背底里却叫他"贪局长",因为本地方言里"谭"正好跟"贪"谐音。

"我是公仆,哪敢指示你这个大老板?"谭局长咳了一声,立即转入正题,"是这样的,我下午想出去转一转,和你打个招呼。"

陈老板"哦"了一声,心里什么都明白了,不由嘀咕着:你真是贪局长啊……但是他不能发作,仍旧和和气气地说:"你是在家里吧? 我马上过去,提前和你送个别。"

陈老板放下电话,叹了一声,还是打开了保险柜,取出两万元现金,找了一只塑料袋装了进去。谭局长每次出门,总会和他打个"招呼",他不得不"提钱"送个别。去年六月,谭局长到香港旅游,他送了两万港币;今年八月,谭局长去美国考察,他送了五千美元。谭局长给公司批过不少条子,今后许多事还要靠他关照,该"出血"还是得"出血"。这样,陈老板提着两只袋子,出门上了私家车,往谭局长家开去。

来到谭局长家,他似乎准备出发了,衣着一新,满脸带笑。他的密码箱打开着放在桌上,里面放了衣服、香烟、磁化杯等日用品,满满当当,只剩下一个不大的位置。陈老板把手上那袋子的钱放了进去,把密码箱关上,转过头对谭局长说:"你要出门,我没空陪你,送点小钱你路上零花吧。"谭局长爽声笑着,拍了拍陈老板的肩膀,说:"你真是客气!好吧,过几天我回来,咱们再好好谈谈!"

陈老板祝谭局长一路顺风,很快和他告辞了。回到家里,看到老婆在大厅里摆好了祭桌,今天是她父亲三周年祭日,她上午才临时决定祭拜一下,没想到这么快就弄出了一大桌的祭品。老婆问他:"叫你买的东西呢?"陈老板讨好似的说:"老婆交代的事,本老板总是优先考虑。喏,在这儿,一百二十亿元,够你父亲用一年了。"陈老板打开塑料袋,一看傻眼了,袋子里是两叠人民币,也就是说,他把老婆交待买的一百二十亿地府冥币当作人民币送给了谭局长。"糟了!糟了!"陈老板遇到鬼似的大叫起来。老婆忙问他怎么回事,他指着塑料袋,苦着脸说:"你看你看,我错把冥币送给了谭局长!"老婆哭笑不得,说:"你呀你,你这不是诅咒人家吗?"陈老板心想,是啊,谭局长发觉后不生气才怪呢!无论如何,得立即找到谭局长调换回来!陈老板想着,就奔出了家门。

陈老板开着车,风风火火往谭局长家跑去。眼看拐过一条街就到谭局长家了,可是前面堵车了,一问是发生交通事故了,陈老板心想,急病偏偏遇上慢郎中,真是气死人了!这时,一个在这里指挥交通的交警走了过来,陈老板正好认识他,连忙摇下车窗,问他到底怎么回事,交警说,有人开车横穿大街,被一部违章超速行驶的大货车撞到,一下撞了个稀巴烂,那人当场毙命,现在警察正在勘查现场。交警说:"那人好像是你朋友。"陈老板忙问:"谁?""谭局长。"陈老板心里咯噔一沉,立即呆住了……

原来陈老板一走,谭局长也出门了,他提起密码箱,觉得比刚才重了不少,心想这个陈老板真是够朋友,他坐进停在家门外的雅阁车,自己开了起来。上了街,他准备横穿街道,谁知一辆大货车撞了上来,他一下子失去了知觉,一命呜呼。却说陈老板调了车头,回到家里,把谭局长刚刚出了车祸的事告诉老婆,老婆吓得一愣一愣的,半天回不过神来,许久才说:"这个谭局长也太贪了……也好,我们省了两万元。"陈老板生气地骂道:"你懂个屁,谭局长到了阴间,还不找我算账!"老婆想想也是,忙问怎么办,陈老板哭丧着脸说:"我怎么知道?见鬼,真见鬼了!"

这一整天,陈老板失魂落魄,心里越想越怕,谭局长到了阴间做了鬼,肯定不会放过他的,他从此要倒大霉了!到了晚上,陈老板也没心思吃饭,一直坐在沙发里,担惊受怕地想入非非……突然,他看到谭局长走了过来,心一下子提到了嗓子眼,全身都在发抖。谭局长笑笑地说:"陈老板,你真够朋友啊!"陈老板觉得他的话里有讽刺的意味,战战兢兢不敢吭声。谭局长大步地走上来,一把握住他的手,满脸诚恳地说:"谢谢你,真心地谢谢你!你送给我那么多冥币,我一上路就有钱花了,太谢谢你了!"陈老板颤颤地说:"别,别客气……"他从谭局长手里抽出手来,猛地醒了过来,原来是打盹做了个梦。陈老板惊出了一身冷汗,但是想起谭局长在梦里说的话,觉得他说得很诚恳,也很合情合理,心里随即放松了下来。他双手合十,对着谭局长的灵魂拜了拜,说:"谭局长,我明天再送你三百亿元,祝你平安发财,顺心如意!"

良好习惯

最后，谁都看破了。不再有人到区长接待室，或者卫生局，或者环保局，或者城建局，或者文明办，或者爱卫会反映情况，也不再有人向电台、电视台、日报社、晚报社"紧急呼吁"，所以，那座年久失修、粪便满坑、已不能再用的老厕所就依然大模大样地敞开门洞，将浓烈的粪臭、粪骚源源不断地送往新村的众多人家。

然而有什么办法呢？大家就摆手，就叹气，就淡然处之。新村里没住当大官的，认了吧。有人家住臭水沟边，住厕所改过的破房，咱们住新村，真不坏了。是啊是啊。大家渐渐习惯了老厕所的存在，每天路过时掩紧鼻孔就是了，"前线"人家关紧门窗多洒香水就是了，没那个屁股不要想吃泻药，现实一点。

但是有一天，来了一伙人，个个当官模样，用手帕掩着嘴，对破厕所指指点点，最后还在上面写了个大红漆字：拆。那个"拆"字使新村的居民们为之一振，似乎一下子就闻不到那股味道了，满鼻芳香起来。

大家互相打听，不过谁也弄不明白这是怎么回事。以前拼命向有关方面、无关方面告状，可人家不理不睬，当皮球踢来踢去，今天真是奇怪了！

"怪事……"

"莫非当官的发了善心……"

人群里有个嘶哑的声音说："昨天，有个戴眼镜的搬进我们新村……"

"对,对,就是他!"好几个人发现明星般朗声宣布。

昨天正好是星期日,一个戴眼镜的瘦高个同妻子搬进了新村。一架工具车装的都是书,当时没人上前同他打招呼,只有几个好奇的孩子帮着将一捆捆书抬进新居。为什么这人搬来的第二天,立即有人看厕所并准备"拆"掉?以前费了那么多劲,全都丢进番薯船,白搭了,而他一来就……

"不是一般的人……"

"可能是环保局的……"

"我看很像那个新上任的副市长……"

"肯定是个官,至少是局级以上的……"

大家从不同的角度进行有理有据的分析,脸上充满兴奋与神秘。

这时,那个不同凡响的戴眼镜的神秘人物走了过来。大家都闭住了嘴,敬畏地朝他望着,没等他走到近前就主动让出一条路。

那人向大家点点头,显得不太自在,他的嘴唇嚅动了一下,发出含糊不清的一串音节,好像是说"大家吃饭了"。

"你是环保局的?"有人问。

"……"他礼貌地笑了一笑,像是回答了也像是没听清问题。

"那座该死的烂厕所,我们不知道向上头反映多少次了,就是不来拆……"一个声音里充满了激愤。

一个补充的声音:"臭得要死!真让人不习惯!"

"真不习惯,简直忍无可忍!"许多补充的声音。

"是,是,该反映,"那人说,"有的部门太不像话了,官僚主义。"

"现在好了,"大家如遇大救星,欣慰万分地说,"你搬进来第二天,上头就派人准备拆了。"

"你是不是刚上任的副市长?"接着就有人小心翼翼地问。那人眼镜后面的一双小眼睛眨了好几下,不太自然地说:"我是……小学教师……"

啊!小——学——教——师!大家惊讶极了,眼睛互相看来看去,眼神里全是困惑。

"完了,那'拆'字'拆'到何年何月?"有人幽幽地说。

大家很失望,各自散去了。

第二天,第三天,第二个月,第三个月,始终没有人再来光顾老厕所,那个大红大红的"拆"字经过风吹雨打,已渐渐模糊。而满坑粪水、雨水每天发酵般咕咕作响,骚臭一天比一天浓烈地飘向四方。

但是,现在大家都习惯了,完全习惯,真正习惯了,仿佛这是一种良好的习惯。

数字化生存

"……小曹呀,当年情况就是这样。参加革命心切嘛,所以多报了三岁。我党的原则,有错必改嘛。对对对,我和陈部长打过招呼了,这事就麻烦你立即落实,把真实年龄改回来。"

关局长放下电话,心想,改小三岁,又可以多干三年了,要是离了这位子那就太没戏了……

"关局长,您的电话。"

"喂——怎么？小了一岁就不让报名？今年实验小学还动真格的？这样吧，你马上到派出所，把小琳的出生年月改大一年，不，干脆改大两年，对，两年，你快去，我这就给曹所长打个电话。"

关局长放下电话，心想早读书早工作，无论如何得让孙子提前上学……

"你呀你，真是书呆子，就不会灵活一点吗？数字出政绩嘛。你就在最后上报的数字上做点'处理'，这有什么难呢？"

关局长放下电话，心想，儿子到下面的镇当了快半年的镇长了，看来还没太大进步，为了汇报数字的事也要向老头子诉苦，亏他还是数学系毕业的……

"关局长，关局长……"

关局长哦一声，猛地从瞌睡中惊醒。看来真是岁月不饶人，怎么头一歪就……"什么事？"

"上面下了一个文件，提倡领导干部学点新科技。这是文件，还有几本参考书。"

关局长接过秘书送上来的东西，一边打着哈欠一边看了看文件，就把它们全放在了桌上。这时他瞥到一本参考书，书名叫作《数字化生存》，他觉得这书名怪怪的，便拿起来翻了翻，却是一个字也看不明白。关局长把它丢在桌上，起身伸了个懒腰……

迟到的花圈

宋朝东下岗后,痛苦了好一阵子,后来利用老房子临街的店面,开了一间花圈店。这生意风险不大,因为死人的事每天都要发生,而小城满打满算也就三家花圈店,宋朝东的祖父曾是小城里最有名的扎纸匠,他的功夫也算是祖传,质量上乘,很有竞争力。

这一天,宋朝东像往常一样,八点半准时开门,拿了三只花圈放到门口的走廊上,店面里的墙上还叠着十几只,这些都是昨天新做的,如果有人来买,只要两边挂上字幅就可以了。老婆从市场买菜回来,对宋朝东说:"我看今天要多做十几只备用,听说你们的老厂长郑达成快不行了。"

宋朝东不由笑了起来:"你又不是不知道,去年王镇长的老妈过世,仅花圈就收到了两百多只,今年六月,王镇长本人'亲自'过世,才收到五十几只花圈。要是郑达成的老妈快不行了,那是得多准备一些,现在是他本人……哼哼,再说他任上最后一年还搞什么改革,把四五十人弄下了岗,大家恨不得吃了他的肉,谁还给他送花圈?"

这时,电话响了,宋朝东拿起话筒,听到开小吃店的老同事卓金石说:"哎,伙计,姓郑的快不行了,送一只花圈到他家吧。"

卓金石和宋朝东一同下岗时,曾合谋在郑达成快咽气而还没咽气之际,给他送一只花圈,以表达内心对他的诅咒,当时两人说得咬牙切齿,现在几年过去了,宋朝东早已淡忘了此事,谁知卓金石还记在心里,这使宋朝东有些犹豫,说:"这……不太好吧,他都快死了,还同他……计较什么?"

"怎么?你好了伤疤忘了痛?他当年那么无情地把我们弄下来,我可怎么也消不了这口气!"卓金石说起当年的事,还是愤愤不平。

宋朝东想起郑达成当年确定下岗名单,真是太霸道,太不讲理,他一听说下岗,差点想不开要跳河,心里的怨气慢慢又升了上来,就一狠心说:"好,我马上送。"

宋朝东拿了一只花圈,穿过两条小巷,就来到郑达成家,他听到房间里传出女人们的哭声,郑达成的儿子走出房间,在门上贴了一个"悼"字。宋朝东暗吃一惊,这么说郑达成真的死了?他死了我还给送花圈,不是便宜了他?宋朝东正想转身离开,但是郑达成的儿子看到了他,恭敬地叫了一声:"老宋。"

宋朝东不好意思走开,表情生硬地说:"听说你老爸……"

"他半个小时前过世了。"郑达成的儿子看着宋朝东手上的花圈,眼圈红红的,哽咽地说,"谢谢你……送花圈……"

"这是……应该的……郑厂长干了二十年厂长……也真不容易……"宋朝东结结巴巴地说,做贼似的把花圈靠在墙上,转身便走。

"你等一下。"郑达成的儿子说着,连忙跑进屋里。宋朝东知道,他是进去给他拿回礼的红包,按照本地的风俗,给丧家送花圈、布料等丧礼,丧家都要回送一只包着一元钱和两粒糖果的红包,以示尊重。听着郑家女人的哭声,宋朝东心里有什么东西被拨动了一下。他拿了红包回到店里,立即给卓金石打电话说:"我送花圈到郑达成家,他已经死了半个小时了。"

"这么说，花圈送不成啦！"卓金石叹了一声说，"那你拿回来……"

"我没拿回来，"

"你真傻，人都死了，还给他白送花圈啊？"

"我路上想想，给他送一只花圈，也是应该的，你想，要是他当时没把我们弄下岗，我们现在能开着店吗？早点下岗早点找到活路，这不是应该感谢郑厂长吗？"宋朝东说。

宋朝东想到这几年攒了不少钱，郑达成是功不可没的，又想到他死后凄凉，没多少人来为他买花圈，决定在他出殡那天，再以花圈店名义给他送一只最大的花圈——因为从某种意义上说，是他催生了宋朝东的花圈店啊。

密码与保险

密 码

他有无数个密码。

存折有密码，信用卡有密码，电脑有密码，别墅门锁有密码，保险柜有密码，皮箱有密码，手机有密码，连客厅那台影碟机也用密码锁了。

这些密码像蜘蛛网一样布满他的脑袋。有一天，他到银行取钱，可是他一时想不起密码，搜尽枯肠也想不起来，钱自然也就取不到。他想，打开皮箱，皮箱里好像有点散钱可供急用，可是他无法打开皮箱,因为他突然间把皮箱密码忘了。这时,他猛然想到哪一天似乎把一些密码信息输入了手机,急忙拿出手机,可是手机在他昨晚接了几个令人不悦的电话之后用密码锁了,他脑子里又是一片空白。

他轻叹一声,心想,先回家再说。可是,走到家门口,他被大铁门挡在了外面,他把门锁密码也忘了。他就这样呆立在自家门口。

他用密码锁住了许多东西,谁知道有一天连自己也被密码锁住了。

保　险

险种越来越多了,"婚姻幸福保险"也出现了。他觉得挺好笑的。他隐隐听说初恋的女友不久前改行做了保险。忽然有一天,她竟打来电话,直奔主题:"给你的婚姻买份保险吧,算帮我一个忙,不然我完不成任务了。"

他们在一家小酒店见了面。许久不见,竟然感觉到有许多话要说。

他回家告诉妻子:"我给我们的婚姻买了份保险。"妻子嫣然一笑:"婚姻也能保险?"他说:"现在什么都能保险。"

因为向初恋女友买了保险,他们又恢复了联系,旧情复燃。他常常瞒着妻子和她幽会。有一天,妻子有了警惕:"你又加班?"

"你不放心我?"他笑笑地问,用一种幽默的口吻说,"我们的婚姻可是买了保险的,你还替保险公司操心?"

死亡策划

　　乔山和史志林从拍卖会上回来，一路上心情沉重，闷闷不乐，因为乔山的画在会上只卖出一幅，只有一人竞买，只能以起拍价十元成交，而且这人就是乔山的好友兼经纪人史志林。这真是太悲惨的经历了，大大出乎两个人的意料。

　　前面的路是不是还要走下去？乔山感到信心不足。史志林突然按住乔山的肩膀，说："我相信你的才气，你的水平明眼人一眼就看得出来，我想关键在于'炒'，这是一个商业化时代，没有'炒'是不行的。"乔山一直很感激史志林，每当他遇到挫折，史志林总是安慰他，为他出谋划策，他信任地问史志林："你说应该怎么'炒'？"史志林沉思片刻，说："你注意到没有？拍卖会上凡是过世的画家作品，无论有名没名，大家都很有兴趣，最后大都拍出了比较好的价，而在世的画家，即使名气很大，他的作品也不太被人看好，像你的作品绝对是一流的佳作，居然……唉！"乔山也跟着史志林叹了一声。他知道市面上的行情，活人就是斗不过死人的，这其实也是画坛几百年来的客观现象，凡·高活着不是只卖出了一幅画，死了之后方才大红大紫起来？史志林盯着乔山看了看，认真地说："我倒有个策划，不知你愿不愿意合作？"乔山说："只要能打开市场，我愿意试一试。"

　　几天之后，《马铺晚报》文体版刊登了一则简讯："日前，我市画家乔山只身自费到西藏写生，不幸遇上雪崩死亡。"简讯下面发表了史志林撰写的乔山小传,还配发了乔山的两幅作品。不久,《马铺日报》以及省里的日报相继发表了史志林怀念画家乔山的文章,充满深情地回忆了乔山如何从一个孤儿奋斗成为画家,称赞乔山是为艺术献身的优秀画家。紧接着,史志林张罗了"乔山遗作拍卖会",引起了不小的反响,乔山的作品全部卖出,有的还拍出了出人意料的好价钱。

拍卖会的成功,一连几天使史志林沉浸在喜悦之中,心里呵呵地笑个不停。这天,他提着一袋子东西,来到郊区的套房,刚刚打开门,房间里就跑出了一个人,说:"我被你关在这里,快要憋死了,你倒好,我在电视上看你好风光啊!"

原来这个人就是乔山,他并没有死,所谓他到西藏写生葬身雪中,只不过是史志林策划的死亡文案。乔山从史志林手里拿过袋子,取出一个面包就吃。好像是饿坏了,他一边吃一边对史志林说:"你这策划是不错,昨天我在电视上看到新闻报道,我的作品全部卖了出去,我真有点不敢相信呢。"

"说到底,死人就是比活人值钱嘛。"

"总共卖了多少钱?我们来算算账。"

"钱我都存到银行的户头上了,没什么好算的。"史志林淡淡地说。

乔山愣了一下,嘴里的面包差点吐了出来,他说:"你这不是开玩笑吧?"

史志林按住乔山的肩膀,笑着说:"我不开玩笑,你已经是一个死人了,还要钱干什么呢?带到阴间吗?我可以给你多烧一点纸钱嘛。"

"你,你!"乔山突然发现史志林笑得很狰狞,惊讶得说不出话来。

"我在面包里放了药,过一阵子你就会晕倒,我将结束你的生命——其实你早就死了,这是众所周知的事情,我想警察是不会追查的。我的策划何止是不错,简直天衣无缝,空前绝后!"史志林说着,哈哈大笑起来。

乔山扑通一声,倒在了地上。

几天后,《马铺晚报》报道了乔山的生前好友史志林从"乔山遗作拍卖会"所得的款项中拿出一万元,捐献给马铺市青少年宫,设立"乔山青少年美术奖",报道最后说:"乔山有这样的好友,在天之灵也该安息了。"

讨债记

表哥上门来,要我和他一起去讨债。我说:"你想找个人壮胆吧? 我全身的肉剥下来还不够人家一顿点心,你还是到黑道上雇个杀手来得省事。"表哥凄然一笑,说:"我现在一点心情都没有,你还和我开这种玩笑?"表哥说:"我不是要你去打架,你能说会道,我是要你帮我说说话。"看着表哥一脸沮丧,我恻隐之心大动,果断地点头答应。

五年前,表哥把一家人省吃俭用准备买房子的八万元和四处借来的四万元,一共十二万元,借给了他的一个叫作老坤的老同学。那天,他还兴冲冲跑来告诉我,说老坤是办大事的人,和书记县长像兄弟一样,有钱快拿到他那边去存吧,安全可靠,而且——月息三分! 存钱的人快挤破门槛啦! 表哥说:"我和老坤是老同学了,我介绍你去,他一定先收你的钱。"可惜我自从辞职以来,有时吃饭都成了问题,哪有闲钱去赚老坤的三分月息? 我开玩笑地对表哥说:"等我发了财,再拿一百万存老坤那边,我就不干了,靠利息潇洒了。"表哥大约在老坤那里领了半年的利息,就再也领不到一分钱了。老坤说,办了一座酒楼和几个厂,都亏本了,本息先欠着,以后再说吧! 表哥的梦想破灭,一下子陷入了困境。我是知道的,这几年来表哥一家人日子过得很狼狈,全是因为那该死的十二万。对有些人来说,十二万不算什么了不起的钱,可是对表哥一家四人来说,他们甚至没信心在这辈子挣到这个数。

我同表哥出门往老坤家走去。走到半路上,表哥突然不吭一声,转身跑进一间水果店。我发现他没跟上来,回头找他,看到他从水果店走出来,手上提着一袋子苹果,我惊讶地问:"你还给他送礼?"表哥说:"应该应该,我上次给他送了两条阿诗玛,现在没钱,只能买点水果了。"我也知道这世道变化快,欠债的不怕债主了,但债主还得给欠债的送礼,尚是第一次见识。

老坤是我们这座小城的名人,有企业家的头衔,他家是富强路最高的五层楼建筑,是小城改革开放二十年的标志性建筑物之一。表哥摁响了老坤家的门铃,大约五分钟后,才有个人过来开门。表哥赔着笑脸说:"我来找老坤,我是他老同学。"开门的人面无表情,掉头就走。表哥很有经验地对我说:"老坤在家,我们走吧。"我们就进了老坤家,迎面是一间空空荡荡的房间,地上乱扔着几只纸箱。走上楼梯,来到二楼,方才发现这里别有一番天地,完全是电视上经常看到的那种有钱人的客厅摆设。有个人坐在皮沙发上打电话,他就是老坤,我在有线电视上面看过他,天生一种大老板的样子。老坤不耐烦地对电话说:"就这样,少啰嗦。"然后就挂断电话,抬头对表哥说:"老田,你又来了?"表哥受惊似的向老坤哈了哈腰,咧嘴笑着说:"我顺路从这里过,就上来看看你。"表哥说着,把手上的水果袋子放在茶几脚下。老坤看也没看一眼,从口袋里摸出一本电话本,一页一页地翻着,突然说了一声:"坐吧。"表哥欣喜地在沙发上坐了下来,回头示意我也坐下。老坤在电话本上找到某人的号码,就开始拨电话。电话通了,许久没人接。老坤生气地压下电话说:"这鸟人看到是我打的电话,就不接,势利小人!"表哥用一种讨好的口气对老坤说:"你打的是手机吧?他可能没带在身上,人机分离,就不知道有电话了。"老坤愤愤地说:"现在的人啦,一个比一个势利! 当初是怎么求我的? 现在居然躲着我!"老坤站起身,说:"老田,我要出去一下,你明天再来。"表哥连忙站起身,连声地说:"好好好。"拉起我便走了。

出了老坤的家门,我真想问问表哥,你不是来讨债的吗? 怎么一个钱字也没说? 听到表哥一声叹息,我不想刺激他,也就没问了,只是在心里陪着他叹了一声气。

行贿记

表姐夫的一个表弟从隔壁县调到我们县某局任局长,这一消息我至少半年后才知道。我一个小老百姓,与官场从无来往,没想到从此之后,却是有了一些瓜葛。因为陆陆续续有人来找我,要我引荐他们去找某局长。

老新是我中学时代最要好的朋友之一,虽然这些年来"道不同,不相为谋",但我还是比较喜欢他那赤裸裸的商人脾气。他有一天突然闯进我的书房,说:"某局长不是你表姐夫的表弟吗?快带我去认识他!"我把刚从表姐夫那里得到不久的某局长的各种电话号码告诉他,老新大声地说:"这些号码我早打听到了,我要你带我到他家去,让他放心地收下我的红包。"我说:"你行贿呀?"老新惊讶地说:"行贿怎么啦?他们局里有个工程,我想拿来做,不行贿行吗?我和他不熟,怕他不敢收我的红包,所以才要你当介绍人——你们是亲戚嘛,他肯定放心的。"我说:"你让我介绍行贿,这可是犯了王法啊。"老新骂了我一声"书呆子",拉起我的手,不由分说就往外走。

几年前我在表姐夫家见过某局长,他对我还是挺客气的,他说他读大学时也写过几年诗,和我算是半个"同行"。感谢他几年后还认得我,并且和当年一样客气。我和他闲聊了一阵,不失时机地把老新介绍给他,郑重地使用了"最……"之类的若干形容词,然后借故躲进卫生间。几分钟之后,我从卫生间出来,看到老新和某局长正握手道别,茶几上躺着一只厚厚的信封。我也连忙向某局长告别,他客气地送我们到门边,一边说着"有空来坐"一边把门关上。

走到路上,老新兴奋地拍了拍我的肩膀,说:"他收下了,事情成了一半啦。等事情成了之后,我一定请你好好喝一杯!"我说:"你那信封里到底有多少钱?"老新正色地说:"这是标底,绝对保密。"有了我的第一次引荐,老新接着就开始和某局长单线联系。不久,我接到某局长电话,他盛赞了老新一通,说他已决定把局里的装修工程给老新做。

没几天,又有人找上门来了。是我一个老邻居老林,他老婆在某局下属的一个部门,害怕这次人员分流被"流"掉,想给某局长送礼,已经送过一次了,被某局长当场拒收。老林满脸忧愁地说:"他不肯收我们的礼,我老婆很危险啊,你想,我儿子正在读高中……"我二话没说,就带着老林来到某局长家里,然后"隆重推出",至少使用了"最……"之类的三个形容词。某局长听完老林啰啰嗦嗦的诉说,简明扼要地说:"你的事我们到时会研究的。"老林连连点头,从口袋里摸出一只信封,放在茶几上,便起身告辞。出了某局长家门,老林满脸红通通的,说:"他收下我的礼,我老婆没事啦!"

但是后来,老林的老婆还是被分流了。据说某局长把他送的五百块钱交到了纪检部门。据说老林从此变得有些疯疯癫癫,像祥林嫂一样,逢人便说:"我真傻,五百块钱就想托人办事,现在的行情哪有这么低?我真傻,真的……"有好几次,我在街上远远地看到老林,总是急忙避开。我不敢见他,不知为什么。

鸡　瘟

大院子里住了三户人家,平日里少不了一些磕磕绊绊,彼此没什么交往。当然,这也是正常的事情。

黄大妈买了几只小鸡养在院子里。张大妈觉得这样做影响公共卫生,但又不便说,想一想,自己也去买了几只养在院子里。周大妈本来并不打算养鸡,这下见她们全养上了,心想,不养白不养,养到过年就是可口的鸡肉呢!她也赶快买回来几只。这样,院子里养了三群小鸡,形成"三鸡鼎立"的局面。

一天傍晚,张大妈给小鸡喂食时,左数右数,就是少了一只,嘴里"噜——噜——"地唤了一阵,终于在院子的石凳旁找到它,但是它已经被踩破肚子,死了。

"哪个人,也真是的!"张大妈满脸悲戚和义愤,"作孽啊作孽,活活地把一条生命踩死,就不怕雷电劈了他?"

张大妈说着,边轮转着身子看四周,似乎要把"凶手"找出来。但是院子里没人,黄大妈家和周大妈家都开着门,却悄无声息的。她们的小鸡已经关进笼子了,各自安静。

张大妈深深地叹气。

几天后的一个傍晚,黄大妈给小鸡喂食时,前数后数,就是少了一只,嘴里"噜——噜——"地唤了一阵,终于在院子的水沟里找到它,但它已被打烂脑袋,血淋淋的。

"是谁干的? 唉!"黄大妈满脸悲戚和义愤,"这么狠心,就不怕折了寿?"

黄大妈说着,边扭头看四周,似乎要把"凶手"揪出来。但是院子里没人,周大妈家和张大妈家都开着门,却悄无声息的。她们的小鸡已经关进笼子了,各自安静。

黄大妈悻悻地到户外扔了死鸡。

又是几天后的一个傍晚,周大妈给小鸡喂食时,横数竖数,就是少了一只,嘴里"噜——噜——"地唤了一阵,终于在院子的水池边找到它,但它已被踩断脖颈,死了。

"唉,哪个短命鬼啊?"周大妈满脸悲戚和义愤,"好好的路不走,专门往鸡身上踩,有一日要瞎了眼的!"

周大妈说着,边扭头看四周,似乎要把"凶手"揪出来。但是院子里没人,黄大妈家和张大妈家都关着门,关得紧紧的。她们的小鸡已经在笼子里了,各自安静。

周大妈悻悻地把剩下的小鸡关进笼子。

又过了几天，张大妈发现小鸡又被踩死了一只；又过了几天，黄大妈发现小鸡又被踩死了一只……

最后，院子里只剩下周大妈的一只小鸡，她连夜把它送给了一个亲戚。

……

到了年关，三位大妈在市场上买鸡时碰到一起，感叹起昂贵的鸡价。

张大妈说："要是那些小鸡不死，就好了……"黄大妈也说："是啊，要是不死，现在都可以杀了……"周大妈说："唉，都是什么鬼瘟病，把我们的小鸡全瘟死了……"

三人唏嘘不已。

失忆的贪官

反贪局根据群众举报，依法搜查了交通局局长廖晨生的住宅。这些见多识广的反贪干警一下子惊呆了，廖家四处放着钱，冰箱上、书柜里、沙发边，一沓一沓的，有的用报纸包着，有的连银行的封条都还没拆开；别的东西更是到处乱放，卫生间一个不起眼的塑料袋里居然就有五根金条，阳台上有一盆兰花，土上赫然躺着一枚金戒指。

廖晨生低下了他那不可一世的头，被带进了反贪局审讯室。反贪局曲局长亲自担任主审。

面对庄严的国徽和威严的曲局长,廖晨生脸色一阵青一阵白,浑身像筛糠似的抖个不停。

"你叫什么名字? 年龄? 单位?"曲局长依照惯例开始审问。

廖晨生支吾了一声,突然口吐白沫,头一歪瘫在了椅子里,差点就从椅子上栽下来。曲局长急忙走过去,把他扶住,发现他两眼发直,眼睛呆滞无神。记录员小安是学医出身的,他搭了搭廖晨生的脉,听了听他的胸音,仔细观察他的症状,对曲局长说:"不像是什么急性病。"曲局长倒了一杯水,喂他喝了几口。廖晨生缓缓地出了口气,面无表情地看了看曲局长。

"还能继续吗?"曲局长征询小安的意见。

"他只是受了一些刺激,没问题。"小安说。

审问重新开始,曲局长立即碰到了一个难题:廖晨生不知道他自己是谁了,也就是说他失去了记忆。

"你叫什么名字?"

"我不知道。我叫什么名字,请你告诉我……"

"你从哪一年开始担任交通局局长?"

"我忘了,我真的忘了,你们快告诉我,我是谁……"

很多在曲局长面前败下阵来的贪官都说曲局长的眼睛有"毒",现在这双有"毒"的眼睛往廖晨生身上看了几眼,看得出廖晨生不是装的,他是真的失去了记忆。小安对曲局长说:"有人受到强刺激,会产生暂时性失忆症,经过心理指导,特别是通过暗示,能够恢复记忆。"

"像他这种情况也行吗?"曲局长问。

"我看没问题。"小安说。

"那就试试吧,"曲局长想了想,站起了身,走到廖晨生身边,关切地问,"你还要喝开水吗?"

廖晨生木头人一样，没有吭声。

"你几岁开始上学？有没有学过一个成语叫作'寥若晨星'？"曲局长像一个循循善诱的老师，一边踱着步一边说，"对了，你该是天亮时出生的，你忘了吗？"

廖晨生愣愣的，没有任何反应。

曲局长暗暗地叹了口气，心想，我应该说出最能刺激他兴奋点的东西，那么他最感兴趣的是什么呢？钱！曲局长一下子想到了钱，每个贪官都爱钱，钱是他们的神经中枢，钱是他们的命根子。曲局长在小安耳边说了几句，小安就出去了。过了会儿，小安提了一只袋子进来。曲局长从袋子里拿出一大把的人民币，在廖晨生面前晃了晃，问道："这是什么东西？知道吗？"

廖晨生看了看曲局长手里的钱，仍旧呆若木鸡。

这贪官人民币见多了，早都麻木了，看来得用美元。曲局长又让小安把从廖晨生家里查获的两万美元拿了出来，送到他眼皮底下，说："廖晨生，你看看，这是不是美元？"

廖晨生眼睛好像亮了一下，但是仍然没有什么反应。

曲局长心里很失望，看来廖晨生的失忆症一时半会儿没办法恢复，下午还是得把他送到医院检查一下。这样想着，曲局长的手伸进了口袋，掏出眼镜布，准备擦拭眼镜。这时，只听见叮当一声清脆的响声，一枚一角钱的硬币从眼镜布里掉到地上。说时迟那时快，廖晨生一脚踩住了地上的硬币，弯下身从鞋子底下把它抠了出来，然后动作神速地放进自己的口袋里。

"廖晨生！"曲局长看在眼里，猛地喝了一声。

廖晨生一个激灵，啊了一声，突然哭起来说道："我交代，我交代……"

曲局长和小安又惊又喜，廖晨生竟这样神奇地恢复了记忆！

"我从小就贪……上小学三年级那年,有一天,庄文海口袋里掉了一分钱,我立即用脚踩住,他找了半天没找到,我半天都没移动一下身子,直到他走开才弯下身,把一分钱捡起来……"廖晨生双手抹泪,井井有条地直往下说。

曲局长和小安终于有了一种恍然大悟的感觉,原来廖晨生的"贪"就是从一分钱开始的,所以让他刻骨铭心,所以一下子神奇般恢复了记忆!

女儿的心

大厅外满是接人的牌子,塑料牌、纸牌,甚至还有铝合金牌,像一片森林似的。一块很低的牌子引起我的注意,那是一块纸牌,上面歪歪扭扭写了三个字:接爸爸。

举着牌子的是一个七八岁的小姑娘,她穿着一件旧的碎花连衣裙,洗得很整洁,大大的眼睛在人群中不停地搜寻着。

我好奇地走到她面前,问道:"小姑娘,你怎么一个人来接爸爸?"

"我爸爸从日本回来。"小姑娘没头没脑地说。

我猜测小姑娘的爸爸是在日本留学,正打算告诉她今天没有日本来的航班,但接机的妻女来了,我也就顾不上和她多说了。

一年后,我又出了趟远门,回来的航班抵达时,已是夜里十一点多。因为时间关系,我没让妻女来接机。

走出大厅,我的眼光一下子就定格在那块熟悉的纸牌上:接爸爸。

　　字是新写的,但和一年前一样歪歪扭扭的,小女孩还是穿着那件旧而整洁的碎花连衣裙。她好像一点也没长大,我发现她大大的眼睛显得空洞而痴呆,茫然地看着走出来的人们。

　　"小姑娘,小姑娘。"我走到她面前,连叫了她两声,她都木头似的没有反应。我不由提高了声音:"小姑娘,你爸爸呢?"

　　"我爸爸从日本回来。"小姑娘声音喑哑地说。

　　我心里叹了一声,走了。

　　在回市区的民航巴士上,我恰巧和一个在机场工作的老同学坐在一起。聊天时,我说到了那个接爸爸的小姑娘。老同学说:"那个小姑娘呀,机场的人全认识她!她几乎天天晚上都来,听说她爸爸几年前到日本打工,一去就杳无音信,她妈一直病在床上。"

　　"我看这个小姑娘八成是疯了。"老同学下了结论。

　　我坚决地说:"不,你不懂得小姑娘的心。"

一万元

1

　　"杨局,听说你老岳母不幸仙逝,这一万……不成敬意。你就节哀顺变吧。"

　　"王老板,你客气了。"

"应该应该，杨局一直很关照……"

王老板告辞了，杨局望着茶几上的一沓钱，想：这姓王的，越来越抠了，去年我女儿到美国留学，他一出手就五万元，今天才……他以为一万元很多呀？

2

"老爸，马上往我卡里打一万元。"

"不是上周才打了五千吗？你以为你老爸是印钞机呀？"

"废话少说啦，马上给我打来。"

"你要干什么呀？你花钱也太凶了吧？"

"我要买个新款的数码相机，一个就八千多了，再请同学吃一顿，你以为一万元很多呀？"

王老板摁下电话，心里骂了一声龟儿子，只得叫手下到银行汇款。

3

"人死了不能复生，这一万块你要就拿去，事情就了了。你不拿也行，你就去告吧，告到联合国也没用，就说我有责任，你弟弟就没责任？为什么别人没摔下来，偏偏他从脚手架上面摔下来？我王某一向很仁义的，给你一万块，这也是考虑到你们家庭困难，一万块不少了，你拿主意吧。"

本山抬头看看王老板，又看看桌上的一沓钱，艰难地咽了咽口水，想，这一万块真是不少了，家里累死累活，一年也剩不到两千元呀……

4

殡仪馆大厅,像自助餐厅一样,这里一堆人,那里一伙人,叽叽喳喳,又像是农贸市场。

本山抱着弟弟的骨灰盒,神色茫然地走了出来,弟弟在他手上轻飘飘的,反而不如口袋里的一万元来得有重量。他心里对弟弟说,这一万元就是你的命,哥拿回去买化肥,给你侄儿交学费呀。

本山穿过人群,听到有人说:"听说,杨局岳母的那只骨灰盒是象牙做的,市价一万元。"一万元? 他不由愣了一下。又听到有人说:"听说有种新款手机,优惠价一万元。"一万元? 又听到有人说:"昨晚到梦巴黎逍遥厅,三四个菜一瓶酒,就花了我一万元。"一万元? 他心里震了一下,突然,手上的骨灰盒"砰"地掉到地上……

擦 鞋

国营皮鞋厂破产了,高和妻子同时失业了。面对茫茫的市场大海,两人无计可施,在家里面对面长吁短叹了几天,想来想去只好上街擦皮鞋了。这活儿本钱极少,不需培训,也不需申请,没有比它更好做的生意了。

擦皮鞋的人很多,但毕竟穿皮鞋的人更多,所以生意还是有的。高做了十几年的皮鞋了,对皮鞋比别人更敏感一些,他一眼就能看出皮革的质量和工艺的水平,这使他很感慨,难怪自己厂里的鞋一双也卖不动。高和妻子擦鞋擦出了一流水平,很快在同一条街上的同行里有了知名度。

这条街的后面有个小区,号称富人区,常常有大款模样的男女悠闲地踱上街,他们是高和妻子最主要的顾客。有一天,高和妻子分别来了一个顾客,都是老顾客了,看着极眼熟。高一看皮鞋,不由发出惊叹:"你这鞋好啊。"那个戴着金手链的胖子得意地说:"当然,我在香港买的,名牌啊,六千多块。"妻子那边那个一手握着手机,一手牵着一只小狗的瘦子往这边瞥了一眼,说:"我这双鞋是在意大利买的,一千三百美元,美元不是比人民币啊。"高笑着两边讨好:"是是是,你们都是名牌鞋。"胖子丢下五块钱,有些不高兴地走了。瘦子的鞋随后也擦好了,他掏出了十块钱,说:"我这鞋比他贵了一倍,工钱也该多一倍。"然后昂起头,大获全胜似的走了。

高和妻子眼睁睁看着这两个人的离去,高脑筋一转,一道灵感的火花轰地迸发出来⋯⋯

第二天,高和妻子的擦鞋摊前竖了一块纸牌做的广告:

为了适应改革开放的新形势,

本摊不再实行统一收费,收费标准改革如下:

每双皮鞋三百元以下者,收费一元;

三百元至五百元者,收费两元;

五百元以上者,按鞋价的百分之一收费。

(鞋价均由顾客自报,请勿夸大)

广告牌刚竖好,就来了两个顾客。高和妻子一阵欢喜。一个头发留得比女人还长的小伙子看了看广告牌,掏出十块钱说:"我这鞋一千元。"高说:"看得出,是名牌。"另一个剃光头的小伙子嘴里哼了一声,他从口袋里拿出一大沓钞票,抽了一张"四人头"。高见状忙说:"我没散钱找你。"光头小伙子霍地站起身,生气地把钱摔在地上,说:"我这鞋一万元,你没见过是不是?"这两个小伙子刚走,昨天那一胖一瘦的老顾客前后脚又来了。瘦子还是穿着那双一千三百美元的皮鞋,他看了看广告牌说:"对嘛,按价收费,打破平均主义的大锅饭。"胖子换了一双新鞋子,说:"这样好啊,不然谁知道谁的鞋子值多少钱?"高和妻子埋头为他们擦起鞋子。最后结账时,瘦子掏出了一百二十元,说:"美元一千三,差不多折人民币一万二。"胖子则掏出两百元,说:"我这鞋也是一千三,"他乜斜了瘦子一眼,有意顿了一下,"不过是英镑。"他潇洒地丢下钱,同时也丢下恼怒的瘦子,扬长而去⋯⋯

真是出乎意料,高和妻子这一天里生意极好,收入破了记录——具体数目恕不公布,可以告知的是,他们擦到的最贵的皮鞋折合人民币三万元⋯⋯

扶　贫

余副县长在土楼村挂钩了贫困户邱富贵,下了军令状,两年帮他脱贫,三年带他奔小康。余副县长说到做到,很快就为邱富贵无偿提供良种猪崽三只、蜜柚树苗五十株,还给他争取了无息贷款两千元。年底,余副县长前往看望邱富贵,只见他一脸愁容,说:"富贵啊,怎么样啊?"

"余,余⋯⋯"邱富贵勾着头说不出话来。

“那三只猪崽呢?”

“杀,杀了,七八十斤……”

“蜜柚呢?”

“一,一株也没种活……”

余副县长愣了一下,邱富贵家里不仅没脱贫,反而新欠下了两千元的债,连一台老黑白电视机也被债主搬走了。看他苦着脸,余副县长也不忍心责备他,只是暗暗地叹了一口气,又同他讲了一通道理,从口袋里掏出八百元,说:“这是我个人扶助你的,过几天我再让乡里拨一些扶贫物资给你。”

半年后,余副县长听说邱富贵一家人生活还是没有好转,而别的几个副县长扶贫的对象早都脱贫了,心里就很着急,又特意跑了一趟邱富贵的家。邱富贵挨了余副县长一顿批评,半天才结结巴巴地说:“你,你让我,我,我当一年村干部,保证一年就脱,脱,脱贫。”余副县长叹了一声,勉强同意了。经过他的努力,邱富贵不久就被增补进村委班子,分管计生和治安。

三个月后,邱富贵兴冲冲地跑到城里向余副县长报喜,他已经脱贫了,不仅还清债务,家里还买了沙发和彩电,还在山上与人合种了一百多亩的龙眼。余副县长拍了一下他的肩膀,高兴地说了一声:“好!”

不久,余副县长参加全市扶贫工作会议,被评为扶贫先进个人,在大会上做了典型发言,题目是《扶贫务必扶到根子上》

球仔圆头

圆头的头圆圆的，就像台球的一只球，而且是那只黑黑的8号。说起来，圆头还是土楼乡的一个人物呢。

十几年前，土楼乡出现第一桌营业性的台球，圆头是第一批着迷的人。他在家排行老小，两个姐出嫁了，大哥在城里教书，爸妈事事宠着他。圆头常常逃学泡在球店里，与人赌球，赢多输少，名气越来越大。有一天，他大哥回家来，拉他站定，就高高扬起巴掌。

啪！一巴掌。在圆头心里，却是"砰"的一声，一只球子落入孔里。

"你呀你，像你这种人，有什么用啊？"大哥说。

圆头摸着火辣辣的脸，眼睛斜斜地瞄了他一下，就像在判断球子和落球孔是否成一直线。圆头说："台球是一项体育运动，我每天锻炼身体，还能赚几十块钱，怎么会没用呢？"他大哥气得又扬起了巴掌，圆头说："你当老师的，讲道理嘛，干吗动不动就打人？"

从此，圆头更加放肆地泡在球店里。有一天又在赌钱，有人去报派出所。圆头见势不妙，躲上一部即将开往县城的过路车，总算没被抓住。

到了城里，圆头沿街找球店。看到一间球店，立即饿虎扑食一样扑了上去。"来几盘！"他像是阔佬点菜一样爽气地说。

有个独自打着球的中年人冷冷地瞄他一眼,那神情仿佛是说,你也会吗?圆头心里蹿上一股火,看我不打得你屁滚尿流。

老板走了过来,对圆头说:"你正好给他当点心,他是县里的冠军。"

"咦?我怎不知道?"圆头故作惊讶地说,"先比几盘看看吧。"

两人便在球桌上乒乒乓乓打了起来。圆头连胜三盘。那冠军是县体委干部,他搁下球杆,连声说:"太好了,太好了。"

圆头这下惊讶起来了。原来体委干部相中了他。经过短暂的培训,圆头被送到市里参赛,不费劲地得了冠军。不久,又到省里,在全国参赛里,夺得亚军。

圆头在体委干部陪同下回到土楼乡,乡长和校长都出来接见他,握着他的手,夸奖他为乡里争光,为学校争光。圆头见到他大哥,故意激他说:"你说说看,像我这种人到底有没有用?"

老同学(四题)

老 炳

老炳今年刚刚三十岁,他的名字已经有些历史了,大约要上溯到初中时代。老炳为什么叫作老炳,我一直不明白其中的奥妙,可能只是因为叫起来好叫吧。

老炳和我是老同学,他从小不爱念书,也不捣蛋,看起来神情呆滞，谁也不知道他脑子里转的是什么念头。虽然学习成绩惨不忍睹，但老炳还是平平安安念完了高中。高中一毕业，问题就来了。老炳老大一张嘴，谁有办法填满它？老炳只好跟着父亲学理发。那时候，幽幽暗暗的发廊开始星星点点地出现，外地来的小姐倚在门前用娇滴滴的声音召唤客人。老炳和他父亲的理发店生意一日不如一日。有一天，老炳给人理发，不小心弄破了客人的头皮。客人自然很不高兴，父亲也忍不住骂了他一句。老炳把手上的剪子丢在地上，委屈地说："你以为我爱干这个啊？"

从此，老炳不干了，要么整天睡懒觉，要么整天在街上闲逛。后来听说老炳与人合伙走私香烟，出师不利，第一天就被抓了个人赃俱获。不久又听说老炳用自来水和色素兑制汽水，以优惠价卖了一瓶给他小外甥，害得他拉稀，他父亲一气之下就向工商局举报了他。

有一天，我在街上遇到老炳。他说他要到外地学习人造蛋技术，我想起报刊上有不少这类广告，便开玩笑地说："你学成归来，市场上的鸡蛋鸭蛋就要大跌价了！"老炳这一去，不知去了多久，我好长时间没看见他，也没听人说起他，仿佛在我们的"主流"生活里从来没有他这个人似的。

1996 年年底，老炳忽然从外地回来了。他提着一只鼓鼓的塑料袋子来到我家，我问他："是不是推销人造蛋来了？""什么人造蛋？胡扯蛋！"他不屑地说，然后做出一种很神秘的样子，问我知不知道"安利"？我笑了起来，说这几天至少有十个人和我说过安利了。老炳说："像你这种人放不下架子，肯定不想参加，不过这也好，你想买安利产品，我可以以最优价向你提供。"我不解地问："安利不是统一定价吗？"老炳高深莫测地笑了一笑，从塑料袋子里掏出一瓶安利丝白洗衣液，说："这瓶原来要卖百把块，现在我只卖你二十块。"我老婆对安利产品印象不错，饶有兴趣地问："你不是开玩笑吧？"老炳认真地说："我不开玩笑，不过要把洗衣液倒出来，空瓶子还给我。"我们一下子明白了他的把戏：安利有无条件退货的承诺，他只要把空瓶子拿回去，照样可得百分之百的货款。出于对老炳这种钻空子行径的不满，我们谢绝了他的最优价。

然而老炳的生意一直非常红火，他广泛搜集空瓶子，把货真价实的安利产品倒出来，以最优价四处兜售。据说他最多一天卖了二十几瓶，有五百来块钱装入腰包。很快，老炳买了一辆摩托车，骑在街上神气十足，听说还谈了一个女朋友。但是过了一阵子，安利取消了无条件退货的承诺，我觉得这几乎就是针对老炳的，老炳果然一蹶不振。又过不久，政府全面禁止传销，老炳便失踪了，至今没有消息。

老 秋

最近老秋接连三天来找我，我开始有点烦了。老秋是我初中的同学，没念高中就回家种田了，据说他成了城关农村的种菜大户，我大学毕业分回县里写"马屁"报道，到过他所在的村子，才知道这是讹传。老秋还是老秋，只是脸上那粒显眼的痦子好像长大了一些。这几年里，老同学在城里聚过几次，都通知了老秋，他一次也没露面，现在来了，接连三天一天比一天来得早！

老秋看到只有我一个人在办公室，眼里放出了一点光，说话的声音就比前面几次大了许多，但是仍然显得有些结巴，他说："你还是帮我写篇文章，向报，报，报社反映反映。"我手上正在写一篇县长扶贫的报道，不由停下笔来，叹了一声说："我不是和你说过了嘛，你那鼻屎大的一点事……"谁知老秋竟然打断我的话,硬硬地说:"他一冲过来就折断我的秤,这太没、没、没道理了!"老秋这句话,这三天里我至少听了10遍了,一杆秤难道真是什么了不起的东西吗?

据说事情是这样的,四天前的上午,老秋像往常一样到市场卖菜,走到半路上,有人拦住他要买几斤空心菜,老秋就把菜担子停在街道边,称了菜给那人,还没收钱,只见两个工商人员气势汹汹地跑了过来,其中一人抓起老秋的秤,咔嚓一声就折成两截,狠狠地摔在地上。老秋没想到工商人员手脚那么麻利,真是有些看呆了。另外一个人劈头盖脸训斥他一些什么,他也没听清楚。等他回过神来,想同工商人员理论时,他们已经扬长而去。秤被折断了,老秋的生意做不成了,他只好把整担的菜挑回家里,心里越想越气,第二天一早就找到我办公室里来,请我给他写一篇文章向报社反映一下。我略加思索便拒绝了他。但是第二天,老秋又来了,再次请我为他写一篇文章,我正要下乡采访,有借口,轻而易举就打发了他。现在,他又来了,仍然一开口就要写文章!我起身走到老秋身边,拍拍他的肩膀说:"老秋,算了吧,一杆秤值多少钱呢?"

老秋定定地看着我,说:"不是钱不钱的事,他怎么说也不说一声,就、就、就折我的秤呢?"老秋眼里显得很困惑。我说:"你不懂世道吗? 全中国有多少人平白无故被抓起来关了几年,多少人家莫名其妙被抄了,最后都是不了了之,你的秤和他们一比,哼,简直不值一提!"老秋露出了一种诧异的神情,好像使了好大的劲才咽下一口水,声音一下低了下去:"我,我,我咽不下这口气,他怎么能,能,能……"我倒了一杯水端到老秋手边,他接了,又立即放到桌上,说:"我咽不下这口气……"

"老秋,我们是老同学了,你的事要是写了有用,我半夜也帮你写,问题是写了也白写啊!"我有点激动了。

"我只要你帮我写出来,我只要出口气……"老秋抬起头,对着我很不自然地笑了一下,"我听说写文章都要给红包,我不知行情,你给我写,我给你两百行吗?"

我一下子愣住了,我觉得自己像是被老秋看穿了,许久说不出话来。

"要不,三百……"老秋小心翼翼地说。

其实,老秋出的价够高了,领导言不由衷地给一句表扬,我不就要受宠若惊地奉上一篇"马屁文章"吗? 大款赏赐一顿饭,我不就要挖空心思写出三百行颂歌吗? 而老秋是用他一个月的一半收入请我给报社写一封信,这个价真是太高了。我无地自容。

老 天

第一次认识老天,好像是在一个同事的婚宴上。他说他是我小学同一届的同学,我一点印象也没有,看他一身名牌,混得十分潇洒的样子,我岂敢高攀啊。他给我一张名片,一看就有好几个总经理、董事长的头衔。老天撩开外衣,露出裤腰上挂着的火柴盒似的传呼机,说:"我现在搞了几个公司,很忙,有空呼我啊。"

再次见到老天是在街上,他手上拿着一个啤酒瓶似的手机,当时这样一个手机要两万多元,拿在手上确实很有些分量,值得骄傲——老天踌躇满志地东张西望,便看到了我,且十分亲切地叫我。走到面前,他立即递上一张名片,说:"我现在又搞了几个公司,很忙,有空打我手机啊。"

后来,我接连在不同场合几次碰到老天,每次都得到他一张名片,看到他拿着最新时尚的手机,显得日理万机的样子。"有空打我手机啊。"分手时老天总是这么说。

最近一次见到老天，他仍旧是一见面便递过来一张名片。我开玩笑地说："我都有你七八个版本的名片了。"他转身便要走，回头说："我最近和别人合搞一个大公司，很忙，你有空给我发伊妹儿，我们网上聊聊天啊。"

所谓隔行如隔山，我一次也没和老天联系过。前些天，突然想到至少已经半年没见到他了，心血来潮，把他不同版本的名片全部找出来，像扑克牌一样摆在桌上。我拿起电话，按名片上的号码一个个打过去，不是"用户欠费已停止使用"，就是"空号"，我不禁哑然失笑。

金　刚

金刚原名金志刚，中学时代立志成为杨朔那样的作家，便起笔名叫作金刚。十几年过去了，中国文坛始终没有升起一颗叫作金刚的星。原来他已经改行，在街上开了一家酒楼，当了总经理。

有一年元旦，金刚在酒楼请了五六个老同学喝酒，他摆了一桌子菜，大家边吃边聊。金刚听说我现在辞了职，待在家里写作，一脸惊讶地举起酒杯来敬我："你怎么搞起写作啦？现在文学不景气，我真佩服你的勇气啊，来来来，我敬你三杯。"我没想到金刚晚上会到我家来，他从包里掏出一沓复印件，显得有些不好意思，说："这是我前些年发表的作品，请你看看，写得不好，你千万别笑话我啊。"我像老师一样翻开他的复印件，一目十行，发现金刚的作品种类很丰富，既有歌颂路灯的诗，也有赞美高楼大厦的散文，还有反映环境卫生脏乱差的读者来信。我一时不知从何说起，只好含糊地说："你的基础还不错，好好写，会有更大成绩的。"金刚叹了一声说："我退出文坛好几年了，不懂得现在的行情，加上办酒楼，忙得一塌糊涂，都没空写作。你帮我看看，报纸杂志有没有熟人，这些东西还能不能再发表一下，我觉得好几篇还是写得不错的。"我硬着头皮说："先放我这儿，有机会再说吧。"

不久，我参加市作协的一个会，大家感叹文学事业后继无人，我便说起金刚的事情，谁知作协杂志的主编听了，十分感兴趣，会后就要我带他去找金刚。老主编说："难得现在还有对文学这么热心的人，我想拉他来协办我们的杂志。"我觉得老主编"居心不良"，说："你可别害人啊。"我没带主编去找金刚，只给他金刚的电话号码和地址。他自己去了，听说他们谈得十分投机。大概两个月后，我在作协杂志上看到了金刚的作品小辑，前面还加了老主编热情洋溢的评语，金刚的酒楼成了杂志的协办单位，金刚则是杂志的顾问。

一年下来，金刚"旧饭新炒"，那沓作品都重新发表了一遍，听说他赞助了杂志若干万元，再不久又听说金刚痴迷写作，无心经营酒楼，生意一天天垮下去……

王大是王八

王丁四是土楼乡王坑村有名的老实人，有一手秘不示人的捉鳖绝技。他口风紧，谁也别想套出一丝半毫。有人很愤怒，就把他叫作王丁八。王丁四不高兴，可也没办法，王丁八就王丁八。王丁四一般是吃过晚饭，看一会儿电视再动身去捉鳖。他没带什么工具，屁股上一把手电筒，裤袋里一只网兜，如此而已。午夜，王丁四回来了,那只网兜里便会有一只、两只甚至三四只的鳖。不过,这些鳖不全属于他,因为天一亮,村主任王大就会上门来。

王丁八你这小子,发啦。村主任王大破锣似的嗓子未进门就响了。王大全名王大进,村里人为省事都叫他王大,他确实也是王坑村的老大。

今天乡里领导来,我拿只鳖去。王大说着,就自己动手,从放在木盆中的网兜里拣只最大的鳖,头也不回地走了。

王丁四老也捉摸不透,村里的客人怎么那么多,今天乡里的,明天县里的,后天市里的,大后天省里的,甚至有一天还来了中央的!

今天中央来了人。王大庄重地说,北京,中央,你懂吗?这可不是一般的人。

王丁四一听"中央"的人要吃他的鳖,有些受宠若惊。王大就把他昨晚捉的三只鳖全提走了。

王丁四常常晚上捉鳖,王大常常早上来拿鳖。王丁四很少间断,王大也很少间断。有一天,王丁四实在忍不住,跑到村部一看,村部里一片死静,只剩个老会计。王丁四恭敬地向老会计敬了一根烟,问村里是不是有客人?老会计说,前段时间客人多,这段时间上头都没人来。

从村部出来,王丁四憋了一肚子气。村里没客人,王大你居然也借口招待客人来拿鳖!鳖给外面的客人吃了,没什么,净给王大受用,太亏了,还不如丢到水里听个水声!王丁四越想越气,他暗下咒语,明天王大再来拿鳖,说什么也要顶着不给!

第二天一早,王大又上门来了。他看着王丁四,阴阳怪气地笑了两声,说,王丁八,今天乡里林书记来……

这鳖不是牛屎,路上捡就有,我是要卖钱的。王丁四第一次鼓起了勇气说。

怎么？王大盯了王丁四一眼，又没说不给钱,账记着,以后算不行吗？

王丁四知道王大的脾气,他白拿过多少人家的多少东西啊,这"以后"永远都是"以后"。王丁四正想顶他一句,但王大手快,提了一只鳖走了。王丁四恨得牙痒痒的。

鳖算个稀罕物,经过一段时间的捕捉,也就越来越少了。这天,王丁四捉到深夜两点,才捉到一只。回到家里,见老婆还没睡,王丁四叹了一声,对她说,鳖也搞"计划生育"了。

我不想干这活了,这几年我们也算攒了点钱,干脆到城里租间房,摆摊卖小吃。王丁四对老婆说。老婆想了一下,说,好。老婆说,这只鳖藏起来,别让王大见到,我们自己尝个味。

你懂个什么？王丁四有点生气。王丁四说,把剪刀拿来。王丁四把鳖捉着放在腿上,用张小泉剪刀在鳖甲上刻字。王丁四一笔一划的,很用劲也很用心地刻着。天亮时,他才把字刻好。他刻的是一行歪歪扭扭的字:

王大是王八

王丁四自个儿看了几遍,得意地笑了。他准备把鳖放生。

避　祸

郭平定吃过晚饭,闲逛到村东头郭本杰的杂货铺里。郭平定一边剔着牙,一边在货架上瞟来瞟去。他转身要走时,郭本杰一声叫住他:"哎,平定,你怎么走啦？我有话和你说呢。"

189
命运敲门声

"什么事？"郭平定回过头，只见郭本杰很认真地看着自己，就被看得有点不自在，说："这样看我干什么？我又不是模特。"

郭本杰目光直直地看着郭平定，一脸正经地说："平定啊，你印堂发黑，鼻头赤紫，这两三天内恐怕有灾祸啊。"

"你……你别唬我啊……"郭平定听了心里有些害怕，郭本杰在村里开杂货铺，兼职算卦看相，不少人都说他挺神的。郭平定这几天本来就觉得不顺，儿子上学路上摔掉了一颗门牙，家里的十头猪病死了三头。听郭本杰这么一说，不由信了，连忙问："真的吗？有什么破解的办法没有？"

郭本杰掐了掐手指，眼珠子转来转去地想着，说："办法嘛，很简单，你扎个稻草人，扔到公路上任汽车辗压，你的灾祸就转到稻草人上面，被汽车压散了。"

"行，如果真能避祸，我到时一定来答谢你。"郭平定说完转身就跑，郭本杰就在心里骂了一声：这鸟人！

郭平定回到家里，抱来了一捆稻草，做了一个稻草人，还找了一套旧衣服给它穿上，左看右看，觉得还真有点像另一个郭平定呢。趁着天黑，郭平定抱着稻草人走到公路上，把它扔到公路中间。

第二天一早，郭平定刚刚开门，门口就堵着两个警察，不由大惊失色。原来郭平定昨晚扔在公路上的稻草人造成了一起交通事故，一部大货车远远开来，快到稻草人面前时，司机误以为是一个活人，连忙紧急刹车，货车便打了个摆，把对面开过来的一部小工具车撞倒了，造成了三人重伤的惨剧。警察调查后认为这个稻草人是罪魁祸首，决定对制作、丢弃稻草人的郭平定依法拘留。

郭平定被拘留了十五天，回来后他来到郭本杰的杂货铺，气冲冲地问："你不是说扔个稻草人就能避祸吗？倒害我被关了十五天!"

当时郭平定没给郭本杰一分钱,他心里早就不高兴了,现在又看郭平定上门来责怪他,便没好声气,说:"我教你避祸术,你一分钱也舍不得花,你说这灵验得了吗?"

"我不是说过事后来答谢你吗?"郭平定说。

"事后就不灵了,你还来怪我?要怪也要怪你自己太小气。"郭本杰说着,呵呵地笑了两声。

郭平定最容不得别人说他小气,郭本杰的怪笑更是激怒了他,就发狠地骂了一声:"鸟人!"

"你骂我?"郭本杰跳了起来。

郭平定挥着拳头说:"我还想揍你呢!"

郭本杰也不是好惹的角色,说:"敢揍我的人还没出世呢,你是什么东西?"

郭平定不说话,就饿虎般扑上去,揪住郭本杰就打。郭本杰瘦弱的身子哪堪郭平定的暴打,连连求饶。郭平定正打得痛快,不肯停下手来,说:"你说我有祸,让我做稻草人扔在公路上,倒真给我惹了祸,你说我有什么祸?"郭本杰被打得鼻青脸肿,心想:本来想敲平定几块钱,随口说他有祸,结果讨了一顿打,倒真是给自己惹了祸!

"你说我有什么祸?什么祸?什么祸?"郭平定打到最后,好像手也酸了,便打一下问一声。

郭本杰有气无力地回答说:"你这样打我,我告到派出所,你不就有祸了吗?"

郭平定一听,愣住了,心想:有祸就是有祸,到底被他说准了!

尴　尬

　　钱老师教了二十几年的书,教绩是有口皆碑的,还先后发表了十几篇论文,但是他的高级职称一直晾在那边,这主要是因为僧多粥少,每次都留给"照顾对象"了。

　　最近,学校又分了一个高级职称名额,然而竞争者却有三个。钱老师的两个对手孙、李,条件比自己略逊一筹,他们的优势在于各有"秘密武器":孙是副市长的表兄,李是教育局局长的连襟。想来想去,钱老师很失望,然后失眠。第二天起床,脸色变得非常憔悴。

　　在医院工作的老婆笑道:"不就个高级职称吗? 愁什么!"便劝他到医院检查一下身体。钱老师自己也觉得不适,下了课就去了。

　　晚上,老婆下班回到家里,突然在他面前嘤嘤嗡嗡抽泣起来。他感到蹊跷,莫非体检……强行从她包里取出医生诊断书,一看就呆住了。

　　诊断书写道:肝癌,晚期。

　　钱老师肝癌晚期的消息一下子传开。校长当晚就来了,握着他的手,很伤心的样子,说:"你的职称我们会优先考虑……"钱老师躺在床上,垂死般不语。过几天,局长也来了,一边唏嘘不已,一边告诉钱老师,局里决定给他评上高级职称。钱老师苦笑道:"我一死,这名额就可以空出来……真不好意思……"局长说:"别这样说,安心休养吧,局里会尽快帮你联系一家好医院。"

局长走后,老婆对钱老师扑哧一笑,说:"戏可以收场了,我导演得怎么样?"钱老师大惊失色,方才明白所谓肝癌只不过是老婆设下的骗局,立即从床上一跃而起,把她臭骂了一顿,然后就去上课了。全校师生都被他震得一愣一愣。钱老师也觉得非常尴尬,恨不得寻个地缝钻进去。

一向讲课十分精彩的钱老师,这节课彻底砸了,讲得结结巴巴,语无伦次。下课回家,钱老师气势汹汹骂老婆:"你搞什么把戏?都说我快死,让人家照顾了职称,而我却好好活着,你说我还怎么做人啊!"老婆说:"没那把戏?你能评上高级职称吗?"神情带着讥诮。

从此,钱老师逢人就解释,十足成了一个祥林嫂,他总是神情尴尬地说:"我真傻,真的,我只知道肝癌,我不知道也会有误诊……"

追人的母猪

三十几岁的光棍魏新意看上了住同一座土楼的小梅,可是小梅从来就不正眼看他一眼。魏新意急得嘴上都起了泡,每天晚上睡不着觉。这天,魏新意翻来覆去的,心里一声声叹息,他只好拿起床头的一沓小报纸小广告,胡乱地翻起来,突然,眼睛一亮,小报纸上有一条广告跳入他的眼帘:

千古秘术:如何让姑娘来追你?

魏新意一下坐直了身子,瞪大眼睛认真地看。原来这里介绍了一种秘术,把几种山上的草药洗净、晒干,研成粉末,再念一些咒语,它就成了"令妇相思"的符,只要偷偷放一点到哪个姑娘喝的水里,她就会过来追你,死心塌地地跟着你。世界上真有这种秘术? 这真是太妙了! 魏新意兴奋地拍了一下大腿,第二天一早就按小报纸上的地址寄去了99元,购买这项秘术资料。

几天后,资料寄来了,魏新意激动不已,怀着一种隐秘的念头,开始到山上采摘资料上所说的草药。经过十多天的秘密行动,魏新意自信他已经成功地研制出这种符。接下来,就是如何试验的事情了。

机会很快就来了。这天中午,魏新意看到小梅提着一桶猪食到猪圈喂猪,就偷偷跟了上去。

小梅带着一只喝水的瓷杯,一边喂猪一边喝水。这时,她跳进猪圈清理粪便,把瓷杯搁在了猪圈的墙头上,魏新意悄悄摸了上去,从口袋里掏出纸包着的符,心里像做贼一样怦怦直跳,把符倒进了小梅的瓷杯里。

第二天,魏新意在猪圈边遇到小梅,讨好地对她笑了笑,心想,奇迹就要发生了。可是小梅仍旧冷冷地偏起头,一声不吭就走了。魏新意失望地看着她的背影,听到猪圈里的母猪呜地叫了一声,他奇怪地看了一眼,只见母猪眼睛直直地看着自己,闪着一种光亮,这是怎么了? 他觉得怪怪的,转身要走。这时,母猪呜呜地叫唤了几声,突然从猪圈里跳了出来,向魏新意扑去,魏新意惊叫一声,慌忙拔腿就跑。可是母猪紧追不舍,一边在他屁股后面追着,一边呜呜地叫着,好像说:"我爱你,情哥哥呀!"魏新意狼狈不堪地一路奔跑,心想,怎么不是小梅来追我,而是她家的母猪啊? 魏新意被母猪追得心惊肉跳,屁滚尿流,没地方躲了,只好跑进小梅家的灶间。小梅和她父亲看到自家的母猪拼命地追着魏新意,都感到诧异。魏新意惊魂未定地问:"你们家的母猪怎,怎么回事呀?"母猪追人,这也真是怪事。小梅父亲就问:"你有没有干什么坏事?"魏新意结结巴巴的,把他研制那种千古秘术的事说了,小梅笑了起来,说:"难怪!昨天我从猪圈里出来,想喝水,发现水有点脏,就把水倒进了猪槽里,让这头母猪喝了。"

荣誉的失落

离家越来越近,小马的脚步却越来越沉重……

爸爸会怎么样呢?上午上学时,爸爸轻轻敲了一下他的鼻头,说:"祝你四连冠。"可是现在,他两手空空地回来……这能怪我吗?小马心里涌起委屈的波涛。

校长在台上宣布市级三好学生名单。他满怀期待地等着校长念出自己的名字。从初一开始,每年仅有一个名额的市级三好学生,哪一年不是他呢? ——学习成绩最好,思想表现最好,还是全校男子乙组跳高冠军,三好学生当然非他莫属。想到自己将要四连冠,他心里怦怦直跳。"高一(二)班,乐志林。"校长高声念道。他愣了一下,以为耳朵出了差错,然而"乐志林"三个字,响亮且明白无误。

这时候,小马站在门口,两条腿像灌了铅似的抬不起来。爸爸会怎么样呢?我都在他面前夸下了海口:"别说四连冠,就是六连冠,本人也胜券在握!"可是现在……可是,这能怪我吗?小马觉得心里很难受。

校长宣布完名单,底下叽叽喳喳议论开了。"怎么会是乐志林呢?""咦,你不知道他老爸是乐达电子公司老板?""那又怎样?""乐达公司有钱,一下就赞助学校五十万呢!""这……""嘻嘻……"小马认识乐志林,他是隔壁班的,学习成绩不好,手上经常拿着一只"大哥大"到处乱跑,因为打架被学校通报批评过。听着同学们的悄声议论,小马只觉得脑子嗡嗡直响……

好不容易抬起腿,小马又犹豫了。爸爸会怎么样呢?这能怪我吗?我的学习成绩仍然是年级第一名,我仍然热心无私地帮助同学……没有评上三好学生,这并不是我的错!小马毅然推开了家门。

爸爸正坐在客厅里,听到开门声,就看了过来。小马一下子遇上了爸爸那关切的眼光,心里不禁一酸,说不出话来……

"你没评上,评上的是乐志林,是不是?"爸爸温和地笑笑,"这不能怪你,昨天我们乐总给学校赞助了五十万……"

"五十万就可以买一个三好学生的荣誉吗?"小马睁大眼睛,在爸爸脸上寻找着答案。

"荣誉?"爸爸笑了起来,"你知道吗?今天我们车间评一名公司劳模,是用抓阄来评选的,结果被我抓到了。"

小马眼里充满了困惑。在他看来,荣誉是很神圣的,可是现在,不仅可以用钱来买,还可以抓阄"评选"……

爸爸走到小马身边,拍了拍他的肩膀说:"评不上就算了,现在荣誉也不值钱,你只管认真读书。"

不!小马在心里轻轻地说着,脸上显示出了一种不屈不挠的神色。

老师·学生

老　师

小毛接连几天拉肚子，父亲觉得这里边有文章，截住他追根究底。

"学校办了冰棒厂，老师都在卖冰棒……"小毛吞吞吐吐的。父亲一下子全明白了。第二天，父亲以一个企业家兼家长的身份来到学校，当场捐款五万元，对学校工作表示关心和支持，同时委婉地希望校长关闭冰棒厂，以免影响小学生的身体健康。

"原来是想给老师们增加一点福利，"校长面露难色，语气却很和蔼，"研究一下，该关闭就关闭。"

第二天，小毛就不再拉肚子了。他回家告诉父亲说："老师不卖冰棒了，昨天晚上老师到酒店聚餐，今天好几个老师没来上课。"

"为什么？"

"这回轮到老师拉肚子了，校长说，老师没吃过大鱼大肉，肚子一下受不了。"

学　生

路上常有陌生的面孔喊他老师，他应声之后，总想不起他（她）的姓名。他从黑发教成白发，辗转几所学校，教过的学生太多了,实在无法一一记住。

　　熟悉的学生也是有的,比如踩三轮车的张,比如当了市长的王。张常常免费载他,想去哪就去哪,是所有学生里头来往最密切的,而王出息成市长,虽然没往来,却是他的荣耀。

　　现在,学生张载着他直奔市政府找学生王。

　　儿子无故被人打成重伤,有关部门互相推诿,把事情当皮球踢来踢去,他无可奈何,只得去找当市长的学生王。

　　三轮车停在市政府大楼下面,他满怀希望地上去了。

　　十几分钟后,他满脸阴晦地下来了。学生张还在那边等着,忙问怎么样。

　　"市长很忙,他说这种小事找派出所就行了,"他愣愣地说,"是啊,市长忙着全市人民的大事……"

　　学生张叹了口气,说:"老师,怪我没出息,不能当市长……"

　　他心头一热,却是无话。

老师和学生

　　葛老师当了二十几年的民办教师,因为种种原因,一直没转正。最近市里下了一道文件,计划年内彻底解决民办教师转正的问题,将进行一次考试,只要考试通过即可转正。

　　考试那天,葛老师一来到考场,不由倒抽一口冷气,原来监考的两个人都是他小学教过的学生。学生也发现了老师,点头向他问好。葛老师感觉到世间的事真是奇妙,原来的学生现在成了他的监考老师,老师成了学生的考生。

　　考试开始了,一个学生来到葛老师身边,悄悄塞给他一张纸。葛老师一看,原来是考试答案,脸上的表情就绷紧了,他"唰唰"在后面写了几个字,还给这个学生即现在的监考老师。这个学生一看,脸就红了。葛老师在上面只写了九个字:老师教过你这样做吗?

变　质

吕友贵和金德是中学同学,还同桌过一年,不过他们已经多年没有往来,偶尔在路上相遇,点个头打个招呼也就过去了。这天是星期天,吕友贵准备下楼到信箱里拿报纸,突然在三楼的楼梯上遇到走上楼来的金德,两人都有些惊喜。金德说:"好久不见,在哪里发财?"吕友贵说:"还不是老单位? 你怎么样? 来这里找谁?"金德说:"我不找谁,我几个月前搬到这里来了。"吕友贵惊讶地说:"你住在这里? 我也住在这里呀,我是上个月搬来的。"金德说:"是吗? 我住 701。"吕友贵连忙握住金德的手,说:"巧了巧了,我住 702,对门啊。"金德嘿嘿笑着说:"我还在想,对门是谁呢? 原来是你,真是太好了,老同学,又是对门,多联系啊!"吕友贵说:"这是缘分啊,应该多联系啊。"

吃过晚饭,天色还早,吕友贵对老婆说他想一家子到对门拜访一下老同学,让老婆孩子见个面,认识认识。走到门边,吕友贵突然想起来,说:"第一次上门,空着手似乎不太好。"老婆说:"对了,你表弟前几天带来的荔枝,还没吃完,就送一点给对门的孩子吃。"她找了一只比较漂亮的塑料袋,装了一袋子荔枝。这样,吕家三口人第一次来到了对门的门前,吕友贵摁响了门铃。

金德见是吕友贵带着老婆孩子,连忙把他们迎进来。"有客人来了，"金德叫老婆从里间出来，把她介绍给老同学，说："儿子7岁了，读一年级，今天到他外婆家去了，你女儿呢？"吕友贵也连忙把老婆孩子介绍给对门。

两家人分两只沙发坐下，面对面说着话，好像电视上看到的两国领导人会谈一样。吕友贵和金德分别介绍了自己和家人的工作和学习情况，谈论了北京的沙尘暴和本地的天气，还说到了一个在省里当官的老同学。十分钟后，两个人都感到继续交谈下去已经有些困难，因为找不到什么话题了。吕友贵的女儿没有小伙伴，嘟囔着要回家。吕友贵和老婆交换一下眼色，一起起身告辞。金德看着吕友贵放在脚边的一袋子荔枝，说："哎，你这人真是，坐坐就是了，还带什么东西？"吕友贵说："也不是特意买的，我表弟前几天从乡下来，拿来了一大筐，反正也吃不完，就带一点给孩子尝尝鲜，这荔枝品种还是不错的。"金德的老婆转身走进里间，拿了两盒糕点出来，递到吕友贵老婆手上，说："没什么回送你们，这是老金到绍兴出差带回来的糕点，是绍兴有名的特产。"吕友贵的老婆说："哎呀，你们也真是太客气了。"

吕友贵一家人回到家里，女儿吵着要吃对门送的糕点。吕友贵的老婆看着糕点盒上的文字说明，突然说："这东西过期了，不能吃。"吕友贵拿过糕点看了看，出厂日期是1999年1月20日，保质期是12个月，而现在已经是2000年8月了，超期半年多。吕友贵对女儿说："变质的东西不能吃，吃了会坏肚子的。"吕友贵交代老婆立即把糕点扔到垃圾桶里，老婆照办了，然后把垃圾桶提到门外的廊道上，准备明天一早再提下楼倒掉。

第二天一早，吕友贵出门晨跑，看到对门金德家的垃圾桶满满的，上面丢着他家昨晚送去的荔枝，有好几只已经剥开了，肉质发黑，显然变质了。他愣了一下。

从此之后,住对门的两个老同学像以前一样,仍然不认识似的没有来往。

犯错误的学问

欧长生在土楼乡工贸集团公司干了五年的副总,乡里流传一句土话说:副总副总,总是应付。欧长生是想干事业的人,可是一个"副"字常常让他施展不开手脚。去年夏天苏老总出车祸掉进山坑里,差一点找不全尸骨,欧长生悲痛是悲痛,心里却想,这下可以好好大干一场了。但是乡里并没有将他扶正,只是让他全面主持工作。这使他处于一种微妙的尴尬境地,许多人还以为他犯了错误,不然怎么让你干活却不把你升正呢?欧长生也不明白怎么回事。事实上,他已是公司一把手,然而没有正式任命的红头文件,他心里头还是有一种说不清道不明的"心理障碍"。

最近,乡里考察干部,大家对欧长生这几年来的工作很满意,认为应该给他升正。没想到焦书记突然问了一句:"欧长生犯过错误吗?"党委秘书老钟连忙接上话头说:"欧长生为人正派,勤政廉洁,从来不犯错误。"焦书记皱着眉头说:"现在改革开放要向纵深发展,上头要求我们胆子要更大一点,欧长生不犯错误,这说明他开拓精神不够。"焦书记有力地挥了一下手,一锤定音:"升正的事再缓一缓吧。"

老钟是欧长生的老朋友,他当晚就把考察的情况一五一十全告诉给欧长生。欧长生听了哭笑不得,说:"焦书记批评我不会犯错误,该不是鼓励我犯错误蹲监狱吧?"老钟眯着眼说:"这犯错误可有学问了,一方面你不能蹲监狱,另一方面要说明你有开拓精神。"欧长生发现老钟的样子很玄乎,不由哼了一声,心里恨恨地想,我不信我就不会犯错误!

第二天,隔壁乡卢副乡长带了一帮人来公司参观取经。午餐安排在乡政府食堂,三菜一汤,标准的工作餐。就在走向食堂的路上,欧长生忽然心血来潮,把公司办公室主任老肖叫过来,说:"你马上给月亮酒家打电话,我们这帮人马立即开到那边。"老肖愣了一下,压低声音说:"欧总,最近上头发了文件,要求厉行节约,严禁奢侈浪费,现在处在风头上,我看……算了吧。"欧长生不高兴地说:"我说了算,就这样。"老肖憋不过气来,结巴地说:"欧总,我怕你犯,犯,犯错误。"欧长生朗声地笑了起来,说:"犯错误好啊,我正需要犯一个错误。"于是,一帮人马掉头开住月亮酒家,一顿午餐吃去了两千多元。欧长生心想总算犯了个错误,他托老钟捎话给焦书记,说自己违反严禁公款吃喝的文件精神,犯错误了,谁知老钟从焦书记那里回来说:"焦书记说,兄弟乡的同志来了,招待好一点,这是给我们土楼乡挣面子,不算什么错误。"欧长生一听,不由叹了一声。

公司的事七七八八很多,欧长生一忙,"犯错误"的事也就忘了。这天,手上的事忙完了,欧长生空闲下来,立即又想起"犯错误"这个事关重大的问题。正想着,公司建筑队冯队长来了,他告诉欧长生,水泥厂有意把该厂生活区工程给公司建筑队干。"不过,水泥厂的头头要工程预算百分之三的回扣。"冯队长转着小眼珠说。欧长生心里骂着"不像话",但是转念一想,这不是给我一个犯错误的机会吗?他一反常态,果断地说:"给!"他立即指示财务人员提出十八万元现金,让冯队长给水泥厂的头头送去。不出三天，水泥厂六百万元的项目就让公司拿到手了。接着，欧长生又让老钟给焦书记捎话，说自己给人送回扣，犯错误了，但老钟从焦书记那里回来说："焦书记说了，现在情形都是这样，舍不得孩子套不住狼，你把这个工程揽下来，少说也能赚百把万，既增加公司实力又上缴了乡财政，这哪是犯错误？这是一大功劳啊。"欧长生一听，又叹了一声，心想，犯错误还真难啊。

一连许多天，欧长生心事重重，脸上看不到一点笑意，说话变得有些凶巴巴的。这天公司领导班子开会，研究邱志明等三个业务员私自截留公款的处理问题，他毫不留情一挥手说："按照纪律，全部开除！"大家看他一脸凶怒的样子，谁也不敢吱声。回到家里，老肖幽灵般跟了来，说："欧总，那个邱志明是焦书记的外甥，我看还是对他从宽一些。"欧长生不留余地地说："性质那么严重的事，谁说情也没用。"老肖说："焦书记这段时间恰好在外地考察，回来后不说你搞'政变'才怪。"欧长生说："焦书记是焦书记，公司的事还是我说了算。"老肖说："焦书记三岁没了父母，是他大姐把他带大的，供他念书，他大姐就邱志明一个儿子，焦书记对他比亲儿子还疼，开除的事他肯定会干预的，欧总，我怕你犯错误啊。"欧长生呵呵笑了起来："老肖，你也知道，焦书记说我不会犯错误就是缺少开拓精神，我现在正需要犯一个错误呢！"

确实，欧长生犯了错误。焦书记从外地考察回来，听说外甥被欧长生宣布除名，气得牙龈一下就上火了，真想把欧长生大骂一顿，只是碍于身份不便发作。而欧长生却为犯了个错误而沾沾自喜，让老钟捎话给焦书记，说要向他汇报工作。老钟从焦书记那里回来，叹了一声说："老欧，你这个错误犯得太没学问了！"

不久，欧长生被调到连年亏损谁也不想去的土楼乡林场去了。

愉快的劳动

　　临下班时,局里下了通知:明天义务劳动,到北大门改路工程填土。工具、饮料自带。

　　科里立即一片叽叽喳喳,鸟雀归林似的热闹。张三捂着肚子对科长说:"科长,你也知道,我这几天老是拉肚子,明天能不能请个假啊?"科长说:"局长不是说了,一律不准请假。"李四说:"张三啊,你太缺乏锻炼了,我看劳动一下,出出汗,保你不治自愈。"科长说:"就是! 明天劳动,饮料科里统一买,每人补贴30元。记住,不要往外传。"大家知道科里"小金库"有钱,除了张三,脸上都放射出了欣喜的光彩。下班了,李四在走廊上拦住科长,低声说:"科长,我表哥在电视台,他明天要到现场拍摄,是不是叫他多给我们科上几个镜头?"科长一听上电视,非常兴奋,连声说:"好好好,晚上你给他送两条'大中华'去,科里报销。这真是太好了。"

　　第二天劳动,局里浩浩荡荡开去了一支百十人大军。局长从车里钻出来之后,照例说了一通鼓舞人心的话。接着抓阄分任务,科里分到了两个小水坑。张三嘀咕着说:"叫两个民工,半个钟头就填满了,还要我们十几个人干一天。"科长狠狠瞪了他一眼。这时候,李四带来他扛摄像机的表哥,导演似的对大家说:"大家认真点,拿起锄头干啊。……头稍稍往镜头看一看,好好好。……张三,你节奏要跟上,就几秒钟嘛,用劲点。……科长,给你来个特写。"科长便伟大人物似的摆出一个奋力铲土的动作。摄像机走了,大家仍旧兴奋不已,都说晚上就可以在电视上看到自己啦。接着大家谈论起新近播放的几部电视剧。科长说:"边说边干,不要耽误了劳动。"大家在说说笑笑中,一铲土配三句话,或者两声笑配一铲土。除了张三外,大家都觉得心情愉快。填满了一个坑,科长看了下手表,10 点 40 分,他想了想说:"另一个坑下午再填,不然下午没活干影响不好。"大家便想回去。科长说:"其他科室都还没走,我们不能先走。大家就近歇歇吧,中午到帝豪酒家统一吃饭。"听到吃饭,大家一片欢呼,纷纷找阴凉处歇息或聊天去了。

中午 11 点 40 分,科里准时在帝豪酒家摆了两桌酒席。科长首先向大家敬酒,他说:"大家干一上午的活,都很辛苦,我敬大家一杯。"于是便喝酒、吃菜,一片热闹的景象,吃到酒酣耳热之际,李四对科长说:"科长,我听说其他科室都是补贴 50 元……"科长不以为然地挥挥手:"我们也 50 元。如今 50 元只不过鼻屎大。"几个人听了便连连赞同。吃到差不多时的时候,大家便谈起物价、通货膨胀、腐败等,都很有感慨。临散席时,一直闷声不响的张三忽然对科长说:"下午那个坑我一个人去填算了,只要科里多给我 50 元。"科长一下拉下脸,说:"张三,你这是什么意思?你对义务劳动是什么态度?我告诉你,你今天的表现,年终考核是要算一条的!"

原定下午 3 点劳动,但是直到 4 点人才到齐。科长说:"中午喝酒上脑,特殊情况不怪大家。希望大家下午拿出一点干劲,发扬一下精神,齐心协力把任务完成。"大家在说笑中劳动,在劳动中说笑,气氛很活跃。只有张三一个人不吭声,机器人似的干着。大家把坑填满了,忽然觉得干这活儿还是挺快的。

有人问科长晚上还要不要统一吃饭,科长说:"不了,大家待在家里好好看电视吧。"有人说酒家也有电视看,而且其他科晚上都是统一吃饭的。科长一心想待在家里和老婆孩子一起欣赏自己的特写镜头,所以很不高兴地说:"义务劳动又不是请客吃饭,人家搞腐败,你也去搞啊?"

电视果然如期播放了,科里的镜头占了大半。而且不久后,李四题为《烈日炎炎挥锄忙,乐为改路做奉献》的报道也在市报、省报发表了。年终考核时,李四被评为"优秀",奖金300元。张三则是"基本合格",不奖不罚。科长呢,则被评为市里的"先进分子",这主要是因为义务劳动那天晚上,全局就他这个科没有"统一吃饭"。正巧,两个多事的记者那天到酒家采访,把这事曝光了。局里批评了"统一吃饭"的人,与之相反,科长便成为"抵制不正之风"的正面典型,当然应该表扬嘉奖。

放假了,大家领了各种各样的奖金、过节费、补贴费,兴高采烈地回家过年。李四和科长推着车,一起走了一段路。李四说:"不知道春节期间要不要搞义务劳动啊?"科长笑笑说:"你又想义务劳动啦!春节期间怎么搞?过了年,三月'学雷锋月'也就到了,我们科里再自行组织几次劳动吧。到时候,别忘了把你表哥请来!"

免费午餐

我在街上找着吃饭的地方时，正是用午餐的黄金时段。大大小小的饭店都像赶集一样热闹，还有满街是准备吃饭的人，这时候你才会明白吃饭是一件多么重要的事。我好不容易在拐角处找到一家新开的快餐店，它好像是有意躲着人似的，位于转角一个很不容易发现的角落，所以店里生意清淡，与街上形成鲜明的反差。

我快步走进店里："老板，给我来一份套餐。"我就在向着里面的一张长长的餐桌前坐了下来。我刚坐了下来，这张餐桌上唯一的一个食客转过头，我一看，不禁惊呼："是你啊，瑶，好久不见了。"

"怎么，大老板也吃起快餐来啦？"瑶脸上带着笑，嘴里含着饭。

"别笑话我了，什么大老板？有上顿没下顿的，都快成灾民了！"

"最近做什么？公司生意还好吗？"

"你问哪家公司？金达还是南光？我后来又搞了一家天利，不过，你也是知道的，现在不比前几年，生意不好做啊。"

"大老板，别对我叹苦经，我没找你借贷。"

这时，我的套餐上来了，最显眼的是一条鸡腿，我一看，瑶面前也有这样一条同样的鸡腿。我说："吃吧，你别老看着我。"

"谁看你呀？我吃得差不多了。"

"你饭量还是那么小？减肥是不是？"

"你看我用得着减肥吗？"

我看了瑶一眼，我无法判断，我说："你最近怎么样？"

"还是老样子，上班、生活，就这么回事。"

我吃着饭，点点头。

"你呢？结婚了没有？"

"没有。你呢？"

"没有。"

"没有就好。"

"你这什么意思？"

"什么意思？没什么意思。"

"没什么意思就好。"

"那我又问你，你这话又有什么意思？"

"你说能有什么意思？"

我和瑶都笑了起来，心情十分愉快。

"我先走了。"瑶说着站起了身。

"再聊一会儿吧，很久没和你这么闲聊了。"

"不行，我下午还有事。"

"什么事？该不是与情人约会吧？"

"个人隐私，无可奉告。"

"再聊一会儿吧。"

"你还有什么话要说？说吧。"

"我，没什么话说了，"

"那就好，我还以为你有千言万语说不尽呢。"

"傻瓜才千言万语。"

"对,你不是傻瓜。"

我笑了一下,从嘴里吐出一小块肉骨头:"有空给我打电话吧,你好像很久没给我打电话了。"

"你电话没换吗?"

"没换,还是那个号码。"

"行,我有空给你打。"

"号码还记得住吗?"

"记不住,翻翻本子也能找到。"

瑶向我挥一下手,走了。

我埋头吃饭。我很快把眼下所谓的套餐吃干净了:"老板,多少钱?"

"刚才那位小姐帮你付了。"

我准备拿钱的手从口袋里伸了出来,在餐桌上的牙签罐里取了一根牙签,一边剔着牙一边走出了快餐店,我想,我吃了一顿免费午餐。

顺便说一下,瑶是我前妻,我们半年前友好地分手了。

边走边说

有人叫我,可是回头四处寻找,却找不到叫我的人,我这才知道这原来只是幻觉。这种情况出现好几次了,现在我又听到有人叫我,我坚决地不想上当,可是那人又叫了一声,我准确地听到了那清脆的女声,我连忙回过头——

"老何，你怎么啦？叫你都不肯吭声？"

"哦，是你啊小芳，我没听到你叫我，对不起，对不起。"

小芳是一个挺可爱的姑娘，穿着一件湖蓝色连衣裙，我记得去年夏天她就穿这件连衣裙了，不过那时她好像比现在瘦一点，裙子就显得不是很合身，现在好了，她丰满了许多，裙子穿在她身上，就像是她的皮肤一样，把她的身材表现得很好。

"你到哪里去？看你气色好像不是太好？"小芳说。

"到邮局领汇款。"

"是稿费吗？你还在写东西呀？"

"我不写东西我能干什么？没了工作，就靠这个为生。"我说。

"其实，当时你可以不用辞职的，我觉得，一个人想写作，他可以一边工作一边写作嘛，工作给他生活上的保障，这对写作有好处嘛。"

"所有的人都是这么说。"

"我觉得局里当时对你还是不错的。"

"除了你，还有谁对我好？"我开了个无伤大雅的玩笑，"可是呀，你又不是局长，不能提拔我。"

小芳笑了笑，她的笑声挺好听的——怎么说好听呢？令人心旷神怡。

我突然觉得我们这样站在街上说话，时间长了会叫人生疑，便对小芳说："你到哪里去？我好像很久没见过你了，边走边聊吧。"

"你现在主要写什么？"小芳说。

"主要给报纸副刊写稿，短短千把字的，一天写两篇。"

"收入怎么样？"

"还可以吧。"

"你老婆怎么样?"

"还可以。"

"你儿子呢? 上初中了吧?"

"还没有,还算是小学生,过几天才小升初呢。"

"不是听说要取消中考吗?"

"没有的事,现在学校抓升学率抓得才叫紧呢,小学生一个个累得够呛。"

"是啊,现在当学生真可怜。"小芳叹了一声。

"你最近怎么样?"我问。

"还可以。"

"小吉怎么样?"小吉是小芳的男朋友,我以前在单位里常常和他下围棋。

"还可以吧。"

"打算什么时候请我喝喜酒?"

"还早呢。"

"到时别忘了。"

"不会的,忘了别人也不会忘了你老何。哎,我说你怎么样啦? 脸色好像不是太好?"小芳看着我说。

"昨天熬夜写东西,本来只想写一千字,谁知欲罢不能,就那样写下来,居然写成了一个九千多字的短篇。这时我才发现天都已经亮了,可是人还很兴奋,一个上午都睡不着。本来想吃过午饭就好好睡一觉,可是刚睡一下子,邮局的熟人就打来电话,叫我快去领汇款,不然他们要把汇款单退回去了。"

"你写作就写作嘛,这些杂事就请一个——秘书来干嘛。"

"对,我应该请一个秘书,我就请你好了。"

"不胜荣幸。"小芳又笑了起来。我们就这样说说笑笑走到了邮局门口,我知道该是分手的时候了。小芳说:"我到前面有点事。"我说:"有空到我家坐吧。"小芳向我挥了一下手,就向前面走去了。我转身走进邮局,在邮局的柜台前我看到了小吉——嘿,我刚刚同他的女朋友小芳走了一段路说了许多话呢。小吉也看到了我,和我打了招呼。我说:"小吉,我刚刚见到小芳呢。"小吉用一种诧异的眼光看着我,说:"老何,你真会开玩笑。"我不明白小吉的意思,柜台里面有人叫小吉输入密码,小吉便背过身去操作。小吉怎么会说我开玩笑呢?我还是不明白。我想问问他,但是他腰间的手机响了,他走到一边接电话。突然间,我全身不由哆嗦了一下,我终于想了起来,去年 12 月底,小芳已经车祸身亡——可是刚才是谁和我走了那么长的一段路,说了那么多的闲话呢?我感觉到一切变得不确定起来了。

结穷亲

市里搞结穷亲送温暖活动,给我们局里安排了十个穷亲名额。局长带头,认了一个八十几岁的孤老太婆。副局长们也各自挑了一门穷亲。我无官无职,被强加了一个穷亲,也只好认了。

局里找了个双休日,搞了出发仪式,一行车队便浩浩荡荡往土楼乡奔去。大约五十分钟后到达土楼乡政府,在一个副乡长的桑塔纳的带领下,直奔张坑村。刚到村部门前,听到里面说了一声"他们来了",只见村部窄小的门里就涌出了一伙人,慌慌张张向我们跑来。土楼乡马副乡长介绍我局局长们和张坑村村党支部书记、主任、会计等人一一认识,然后是久久地握手,像国家领导人接见外宾一样,随行的电视台记者留下了这些具有历史意义的镜头。

局长的穷亲是一个叫作张美容的孤老太婆,住在全村最破败的那座土楼里。村党支部书记带着我们走进土楼,我发现这座土楼差不多变成了牛棚,七八条牛用惊讶的眼光看着我们。村党支部书记介绍说,这座土楼原来住了二十几户人家,这几年陆续有人搬了出去,现在只剩下两三户人家。张美容住在楼梯边一间灶房里,据说土楼一楼是灶间,二楼是储藏间,都是不住人的,三楼才开始住人,但张美容孤身一人,住三楼不方便,就住到一楼来了。我们发现,窄小的灶间里搭了几块木板当作床,几乎没有插足之处。张美容躺在床上,看起来气色很不好,像是生病了。村党支部书记一脚跨进门槛,一脚还停在走廊上,用客家话大声地告诉她,城里的大干部来看她,要认她当亲戚。张美容好像死人一样,没有一点反应。局长从胳臂下的皮包里取出一个红包,示意村党支部书记出来,然后他走了进去,隔着一米左右的距离,把红包放到张美容的床头。电视台的摄像机从直棂窗往里边拍摄,局长配合他们,像慢动作一样,一点一点地把红包放下。

我的穷亲张炳贵穿着一件不太合身的西服,亲自来到土楼大门口迎接我们,远远就伸出仅存的左手,不停地做招手状,显得精明能干而且极有见识,这副形象与我想象中穷困潦倒的农民形象不太一致,令我吃惊不小。我们一伙人一一被张炳贵握了手,然后被他迎进他家的灶间。张炳贵用一只手很熟练地为我们泡茶。我喝了一杯茶,从口袋里掏出一个红包,塞到张炳贵手里,说:"这次市里搞活动,我们有幸结了亲,这是我的一点心意,希望你搞好经济,早日脱贫致富。"张炳贵接了红包,却又显得不好意思,这样我们互相推让了两三次,被摄像机拍了好几个特写。我站起身说:"我们以后就是亲戚了,你有什么困难,可以到城里来找我,我会尽力帮你的。"张炳贵连声说:"哎呀,真是太感谢了!太感谢了!"

"结穷亲送温暖"活动结束了,回到城里,我很快就把这件事忘了。直到有一天,有人来找我凑份子,说是局长的老母死了,每人送点钱略表哀思。我十分惊讶,局长的老母两年前不是死了吗?怎么又冒出了一个?那人说,不是亲的,是"契"的,三个月前结穷亲活动时认的。我恍然大悟,想起那个躺在床上不能动弹的孤老太婆。

不久,局内外就有小道消息流传,说局长真有远见,投资三百元认了个穷亲,三个月后就有回报了,利润至少是一百倍,真是天底下再好不过的生意了。就在这时,我结的穷亲张炳贵到城里找我,一开口就向我借五百元,说好半个月归还。可是半年过去了,也不见他个影子。想起局长结穷亲赚了三万多元的传闻,我想,我真是亏了。

该死的助听器

老顾的岳父岳母都是退休的中学教师,老两口住在老城区的一幢老房子里,他们是四十几年的老夫妻了,没什么钓鱼、打牌之类的爱好,最大的"浪漫"就是:每天两个人一起上街买菜,然后一起回家,打开电视,一边看着一边闲聊着,一边做着家务。老两口当年都是学校里有名的"铁嘴",你一言我一语,总有说不完的话题。退休八九年来,他们几乎每天都是这么过的,其乐融融。

有一天,老顾来看望他们,发现老岳父和老岳母精神状态都很不错,脸色好,说话底气足,脑子里信息多,对现代社会生活并不太隔膜,可就是耳背,听不清楚对方的说话。比如老岳父说:"你听说了吗,我们原来教研组的老孙头,他孙子在美国拿了博士?"老岳母回答说:"是啊,去年还三千九,今年就降到了三千三。"老岳父又说:"这孩子十来年前还打破我们家一块玻璃,现在都是博士了。"老岳母接着说:"价格战好啊,老百姓实惠。"老顾听到他们的对话根本就是"牛头不对马嘴",这哪是对话? 自言自语嘛。更多的情况是,老岳母不停地说着什么,老岳父一句也听不见。老顾回到家里,和老婆提起这事,说:"我过几天到杭州出差,给他们每人买一个助听器,省得他们听不清一句话。"老婆说:"嘿,你还想得真周到。"

老顾从杭州回来,给老岳父、老岳母送去了助听器,老人家高兴地收下了。但是第二天,老顾就听说老两口吵了一架,心想,怪了,这可是"开天辟地第一回"啊! 连忙和老婆跑去看个究竟。

老岳父看到女婿和女儿,沉着脸说:"老婆子不知哪里听来的那么多小道消息,一整天唠叨个不停,我听了心烦。"说着,他摘下了助听器,丢在了茶几上。

老岳母也在房间里赌气,对女儿女婿说:"老头子呀,总爱抓住我的话柄,追根究底,有的事我也是听别人话头话尾说的,也不是很清楚,他就怪我说话不肯说完,存心让他猜谜。"说着,她也摘下了助听器,丢到了桌上。

老顾和老婆分别好言好语和老岳父、老岳母说了些话,走了。

从此之后,他们每天都要来一趟,因为老岳父和老岳母一吵嘴,就会有一方打电话告诉他们。老顾和老婆百思不得其解,老两口原来多和睦啊,现在怎么动不动就"炮声轰轰"? 突然,老顾醒悟过来,直奔老岳父家,对他们谎称,公司要收回助听器,进行售后服务检查。老顾拿着助听器回家,老婆不解地说:"他们耳聋得厉害,你还拿回助听器,这下他们怎么办?"老顾笑而不答。

几天过去了,没听说老两口吵嘴,十几天过去了,也没听说老两口吵嘴。老婆终于明白了老顾"没收"助听器的用意:原来都是助听器惹的祸啊。老顾说:"他们早已习惯听不清对方说话,一下子听清了,反而不习惯。"之后,他和老婆到了老岳父家一看,嘿,老岳父和老岳母又回到了从前那种"朦胧"的状态,牛头不对马嘴地搭着话,或者自个儿地说着什么,一派和睦愉悦的景象。

活人比死人多

为了响应市里的号召,小小的 A 县兴建了一座标准的殡仪馆。可是,由于土葬观念根深蒂固,加上政府部门宣传不力,半年下来,除了几具无主尸体,殡仪馆基本上没有业务,不过,如果你说殡仪馆每天冷冷清清的,这就错了。

殡仪馆还是挺热闹的,因为上班的人多。别的部门都是老部门了,早已人满为患,殡仪馆是新设立的机构,正好给领导们松口气,哪个人手上没有几个名单? 这不,正好统统安插进来。

这天上午，陈馆长一上班就接到民政局戴局长的电话，戴局长说，吴副县长有个外甥，刚从乡下到城里来，就到你那边去吧。陈馆长心里暗暗叫苦，可是戴局长和吴副县长都是不能得罪的领导，他只能答应下来。

刚放下电话，电话又响了，原来是宣传部林部长，陈馆长诚惶诚恐地问部长有何指示，林部长爽朗地笑着说："我听说不少大学生主动要求到殡仪馆工作，这种就业观念很好呀，值得提倡和表扬，我叫报道组的笔杆子好好给你们总结一下。"陈馆长听了，哭笑不得，没错，殡仪馆是有十来个大学毕业生，可他们都是各级领导的亲朋好友和关系户，只在殡仪馆挂个名，领份工资，从来不来上班的，有好几个陈馆长连面都没见过呢。林部长接着说："老陈啊，我有个乡下堂姐的儿子，今年刚从中专毕业，我一直教育他要转变就业观念，这样吧，他就到你那里去好了。"陈馆长知道上面定下来的事，自己反对也没用，领导亲自打电话招呼，算是客气了，他只能不停地点头："行行，谢谢林部长关心。"

接完林部长电话，陈馆长从抽屉里拿出花名册，在编干部职工、合同工、临时工，哗，十多张打印纸满满的，再看看开馆以来的业务记录，两张纸都没记满，陈馆长不由叹了一声，这真是活人比死人多呀。

这时电话又来了，原来是通知陈馆长把有关业务报表送到民政局，戴局长要向县领导汇报工作。陈馆长带上报表，坐上摩托车就到了局里。戴局长接过报表，看也没看就装入公文包，坐上小车到县政府去了。

陈馆长在局里和老朋友聊着天，突然一拍大腿：糟了！连忙发动摩托车往县政府跑去。来到会议室门口，门紧闭着，只听到有话声传出来。陈馆长不敢贸然闯进去，在走廊上焦急地走着。

他想，戴局长是顶头上司，要是他在县领导面前汇报错了，出了丑丢了脸，他还不是拿我算账？陈馆长越想心里越不安，这时他看到戴局长从会议室出来了，连忙迎了上去，心惊胆战地不敢说话。

戴局长笑眯眯地说："老陈，干得不错嘛，县领导对殡仪馆半年来的业绩是满意的。"

陈馆长了解戴局长，有时候喜欢正话反说，他的心"咕咚"一沉，这下真是糟透了。没想到，戴局长亲切地拍了拍陈馆长的肩膀，说："郑书记和苏县长都说了，老百姓土葬观念根深蒂固，你们殡仪馆半年就烧了102具尸体，成绩值得肯定啊。"

陈馆长脸色一下煞白了，说："戴局长，我把报表拿错了，那不是火葬统计数字，那是干部职工花名册，一共102人，火葬统计数字大概才30具……"

戴局长愣愣地看着陈馆长，大半天才说一句话来："好在你拿错了，不然我就要挨批评了。"

全民微阅读系列